有趣的工作

奔跑吧！未来的王牌球员

[日]吉野万理子 著
[日]羽尻利门 绘
袁秀敏 译

海豚出版社
DOLPHIN BOOKS
CICG
中国国际传播集团

比分还是0:0。比赛不会就这样结束吧？不，不能退缩！我要把球抢回来！

我用脚猛地一铲，断了对手的传球。带球往前跑，好，射门！

就在这时，“嘟——”比赛结束的哨声响了。“唉，真气人！”

来不及了，我只能放弃射门。

我叫佐藤进太，上小学四年级，是樱之丘足球俱乐部的王牌球员。这么说有点儿像吹牛。准确地说，我是未来的王牌前锋。

今天，五年级和六年级的球员都去邻近的镇上进行比赛训练了。在一年级到四年级的球员中，我是最棒的。

这可不是我自吹自擂哟，连教练都夸我有潜力呢。

说不定，我能打破学校足球队的纪录，刚上四年级就成为正式球员！

所以，训练结束后，我想继续练一会儿球。

我们四年级的球员一边迅速地换衣服，一边聊了起来。

“好饿呀。晚饭吃点儿什么呢。”

“动画片要开始了，我得马上回家。”

不一会儿，大家都离开了。操场上静悄悄的，只剩下我，好孤独呀。

不过，王牌球员注定是孤独的嘛。

其实，我一个人也能练球。

我的偶像是东都足球队的中锋栗山。为了将来能成为像他一样优秀的足球运动员，我得加倍努力才行。

我朝墙上踢球时，听见有人喊我。

“进太，还不回家吗？”

我马上回过头。

“爷爷，您来啦！”

爷爷用左手按着帽子，生怕帽子被风吹走。

爷爷就住在学校附近。直到今年春天，他还是邻近镇上一所小学的校长。不过，三月底他就退休了，不那么忙了。今天他应该是专门来看我的。

我马上抱起书包，一边踢着球，一边朝爷爷飞跑过去。看见他右手拿着的白色纸袋，我就知道他买了车站前面那家店的鲷鱼烧。

“进太，想不想吃啊？”

爷爷真是太了解我啦！

“太好吃了。”

夕阳西下，花坛里盛开的白色雏菊被染得通红。

“我一直在看你们的比赛训练。”

“咦？我没注意到您呢。”

“你踢球的样子真像我的一个学生。”

“谁呀？”我可是未来的王牌前锋，不想和其他小学生相提并论。

“嗯……我有点儿记不清了。他后来成了足球运动员。”

怎么不早说呀！

“啊，职业足球运动员吗？太厉害了！他叫什么名字？”

“最近记性不好。对了，是辉成！”

“辉成……该不会是栗山辉成吧？”

“对，对。”

这时，我顾不上吃美味的鲷鱼烧了。我居然跟我崇拜的足球明星很像！

“哇！我们哪里像呀？”

爷爷居然对足球这么感兴趣，我还以为他比较喜欢棒球呢。

“你像上小学时的辉成，动作灵活敏捷，抢球很厉害。”

“爷爷，您怎么知道栗山叔叔上小学时的事？”

“因为我是他的班主任啊。”

“啊——”

这么重要的事，爷爷之前都没有告诉我。

“栗山叔叔小时候是什么样子的？”

“足球踢得很棒呀。”

那当然啦。不过，我还想知道更多。比如，他是不是接力赛运动员之类的。

“还有呢？”

“这孩子很善良，就是有点儿胆小。”

“什么？”我简直不敢相信自己的耳朵。

电视上的栗山叔叔看上去很强大啊。每回射门进了球，他就用双手捶打胸膛，仰天高呼，这是他的招牌动作。我有时也会模仿这种动作。

胆小的人是不会这样做的。

“哦，对了。有一回他哭鼻子，弄得我不知所措。”

真让人大吃一惊啊。

“以前学校组织过类似露营体验的活动。夜晚，教学楼里有妖怪大会。当时，那孩子很害怕，就抽抽搭搭地哭起来。我赶忙安慰他，还把灯打开，他才不哭了。”

这和他在我心中的形象反差太大了。

是真的吗？这些都是真的吗？

爷爷不可能说谎呀。

那……也许栗山叔叔想改变爱哭鬼的形象吧。

我脑子里突然闪过一个念头。

“爷爷，我很想见见栗山叔叔！您能帮我联系一下他吗？”

“他应该很忙吧，不知道有没有时间见我们。”

ACE
ACE

“哎呀，肯定没问题。如果他不答应，嘿嘿……我会告诉别人他小时候参加妖怪大会哭鼻子的事。”

这是不得已的办法嘛。

“噢……那我问问看吧。”

“太好啦。”

“趁热再吃一个鲷鱼烧吧。”

现在，鲷鱼烧对我来说不重要了，更重要的是栗山叔叔。

我把书包夹在腋下，双手砰砰地捶自己的胸膛。哈哈，大猩猩式！

好想见他啊。肯定能见到。我就要见到栗山叔叔啦！

舟桥出版
MARIKO
BIZAN
THE BEST TOYS
TOUTO FC
ACE
KAMODA

一个月后的一个周末，我在东都体育场观看了东都足球队和北乡足球队的比赛。

那是一个可以容纳四万名观众的大型体育场，比赛场面壮观极了！

爷爷给栗山叔叔打了电话，栗山叔叔送给我们两张门票。

爷爷坐在我旁边，悠闲地吃着爆米花。

虽然我也很爱吃爆米花，但现在可没心情。因为比赛刚要射门，又没进。

现在比分是0:0。虽然栗山叔叔发动了进攻，但是北乡足球队的守门员死死守住球门，后卫的移动也很到位。

比赛到了最后一分钟，S 联盟竞赛没有延时赛，要平局了。

正当大家都这么想的时候，在足球场正中间，中场球员丰田把球夺了回来，然后及时传给了栗山叔叔，没有越位！太棒了！栗山叔叔继续往前跑。等我回过神来，周围的观众都在大声呐喊。

“进球啊——”

栗山叔叔似乎听到了我的声音，左脚一拨，好像要射门。

守门员扑了出来。说时迟那时快，栗山叔叔用右脚怒射。

“球进了——”

栗山叔叔捶打着胸膛。

我终于在比赛现场看到了偶像。

爷爷，现在不是吃爆米花的时候——

比赛结束后，周围的观众都感叹道：“栗山真了不起。”

这时，我忍不住想向大家炫耀：

不好意思呀，一会儿我就会见到今天比赛的英雄了。我可以当面对他说“真

了不起”，嘿嘿。

体育场的一角有个非常大的俱乐部，里面有一扇落地窗，十分气派。我们进去后，告诉前台姐姐访客的信息，马上有一个穿西装的男人出来了。这个人应该也是足球运动员，他看上去胸膛厚实，肩膀也很宽。

“我是宣传部的望月佐久。”

爷爷和这个人聊得很投机。哎呀，快点儿让我们和栗山叔叔见面吧。

望月叔叔总算注意到我了，他把我们带到二楼的会议室。这里本来不允许非工作人员入内，只有我们受到了优待。

会议室的窗户很大，能清楚地看到刚才比赛的足球场。

“咚咚”，有敲门的声音。

“佐藤老师，好久不见啊。”

一个人低着头进来了，是栗山叔叔！

他身上的球衣已经换成了短袖T恤。

“辉成，你踢足球踢得更棒了。”

人家可是足球明星，爷爷居然说什

么“踢足球踢得更棒了”，真没礼貌呀。我在一旁受到冷落，急得不行。

栗山叔叔微笑起来。

“哪里哪里，还差得远呢。”

“这是我孙子进太，也踢足球呢。”爷爷总算介绍我了。

“咦，老师，您的孙子都这么大了呀。”说着，栗山叔叔马上伸出了右手。

哇，我的心怦怦直跳，和他握了手。

“你踢什么位置？”

“前、前锋。”

想说的话和想提的问题太多了……本来我还想提他在妖怪大会上哭鼻子的事。可是，当刚刚为球队踢进一球的栗山叔叔出现在眼前，我竟然紧张得语无伦次。

我想，还是先回家调整好状态再来吧。所以，我得争取再和他见面的机会！

“栗山叔叔，我有一个请求。”

“什么请求呀？”

“我，我是学校新闻部的记者。”

唉，我说谎了。

我当然没有加入新闻部，因为我特别讨厌写文章。

幸运的是，爷爷正和望月叔叔聊得热火朝天，没有听到我说谎。

我要抓住这次机会。

“你同时加入了足球部和新闻部，听起来很忙啊。你有什么事情呢？”

“因为机会难得，所以我想采访您。几天，不，一天也行。能不能让我观摩你们的训练呢？”

“噢，我们训练的时候，观众席一般都对外开放呢。”

我一定要坚持到底，不能就这样放弃大好的机会。

“哎呀，我可是新闻部的首席记者，如果不能深入了解情况，恐怕写不出好报道，我希望能跟踪采访一整天。”

“原来是这样呀。好吧。跟踪采访一般得由学校老师先到我们宣传部申请才行。不过，你是佐藤老师的孙子嘛。”

“拜托了。”

“我知道了。我会跟队里通报一声。我非常喜欢佐藤老师呢。”

这位全国闻名的足球明星竟然说喜欢我爷爷，简直不可思议啊。

“这样吧，下周二我们再见。对了，那天你还要上学吧？”

“没关系。从下周开始就放暑假了。”

听了我的回答，栗山叔叔微微一笑，就去和爷爷聊天了。

太好了，我可以近距离接触崇拜的球星，还能观摩他训练。等到秋天，我也许会成为正式球员呢。

但是，有一点我觉得奇怪，栗山叔叔看上去和在赛场上有些不一样。

之前他穿着宽大的球衣，显得身材高大。现在他穿着T恤，看上去很瘦，而且说话的声音也不算大。

除了学习明星球员的训练方法，我还想了解足球明星栗山辉成真实的一面。

这四天真漫长呀。终于到了星期二。

TOUTO FC 2015
ACE

上午八点，我在俱乐部的入口见到了栗山叔叔。

爷爷送我过来的，他下午三点会过来接我。

在这之前，我要独自和栗山叔叔相处，我的心扑通扑通地跳着。

俱乐部一楼的尽头有个健身房，我之前还不知道呢。

栗山叔叔开始用器械做仰卧起坐和背部训练。

因为还有其他球员在，所以我不能说话。我装作新闻记者的样子，默默地记笔记。

栗山叔叔躺在厚垫子上，抬脚，立起上半身，扭腰，熟练地做着常规动作。

“为什么要反复做这些动作呢？”他结束训练后，我试着问道。

栗山叔叔回答道：“这些是躯干训练，是为了锻炼肌肉。你看，就像奶油蛋糕一样，如果只有表面好看的装饰，里面的蛋糕不好吃，也难以下咽吧？同样的道理，支撑着身体的那些看不见的组织非常重要。”

哦，他的意思是说，躯干变强壮了，运动姿势和身体的协调性会更好，受伤的风险就会变小吧。

九点一到，栗山叔叔就来到了足球场，然后在角落里跑步。

我感到很惊讶。我们球队的队员都是一起训练的，而栗山叔叔却独自训练。

这时，才有球员陆续来到俱乐部。

这是不是有点儿纪律涣散呀？

我试着去问刚跑完步、正用毛巾擦汗的栗山叔叔。他听了扑哧一笑。

“这就是职业球员呀。”

“啊？”

“只有在研究下一场比赛如何获胜的战术时，大家才会在一起训练。其他时间，大家各自安排训练项目，弥补自己的不足。所以，有的一直练习带球，有的早上睡懒觉，掐着点儿来，形式是自由的。”

“嗯，要是我，就会睡到最后一刻。”

“但是，如果受伤了或者状态不好，肯定是自己的责任。”

是，是啊……

栗山叔叔开始一遍遍地练习。他一边踢球，一边全力突击。他的脚像是磁铁，球完全被吸在上面了。

十点钟，我来到了观众席。全员训练马上就要开始了。球员们热身之后，开始踢球训练。先是中场球员把球传给前锋，然后练习射门。

“喂，再稍微往右一点儿。你到这儿来。”

栗山叔叔在指导大家。是呀，不能只顾着自己射门，还要给其他球员提建议。

过了一会儿，定位球的训练开始了。训练项目是踢角球时的战术。罚球的人也按顺序交换，尝试各种进攻方法。担任对方后卫的也是同一队的队友。

渐渐地，大家练得汗流浃背。

“今天的训练就到这里。”

“辛苦啦！”

到中午十二点，训练结束了。我来到俱乐部做伸展运动，放松一下身体。

这时，栗山叔叔回来了。

“一起吃午饭吧？”

太棒啦！虽然我带了紫菜包饭，但我很想知道足球运动员午饭吃什么。

食堂在俱乐部二楼的会议室旁边。

“哇，是自助餐！”这里有蔬菜、水果、鱼、肉、意大利面、米饭等食物。

“随便拿啊。”栗山叔叔说道。

我开始一门心思地挑选食物。哇，牛肉汉堡和可乐饼！蔬菜我不喜欢！还有鸡肉饭和奶油意大利面，我盛了一大盘，走到栗山叔叔坐的桌子那里。看到他的盘子，我大吃一惊。他挑的食物和我的完全不一样，只有干烧鱼、凉拌菠菜和沙拉、凉拌豆腐，以及米饭。

“咦？你喜欢吃这些吗？”我问。

栗山叔叔一边大口吃鱼，一边答道：“人类的身体要靠吃的食物来支撑。需要吃什么，要问一问自己的身体。如果过量摄取脂肪，身体就容易出问题。运动员都很注意这一点。”

啊？我还以为职业足球运动员每天都可以尽情地吃烤肉呢。

吃过午饭后，一般下午还有训练，但是今天好像没有。

下午会议室里好像有电视台的采访，听说是栗山叔叔和原职业棒球球员的对谈。

但是，我发现了一件奇怪的事。

栗山叔叔该不会是胆小鬼吧？他刚才跑了好几趟厕所。都说人一紧张就会肚子疼。我也有这样的经历。这不像做出大猩猩式动作的人呀。

说实话，他在我心中的形象再次崩塌了。

还有，在对谈开始前，栗山叔叔坐在椅子上，手指骨碌碌地转动圆珠笔，

把圆珠笔转得飞出去了。

这倒没什么，关键是他捡笔的方法很奇怪。因为圆珠笔落在他的斜后方，只要他把身子一扭，就可以一下子捡起来。如果是我，就会这么做。但是，他还特意站起来，然后蹲下来捡笔。

他的动作就跟我爷爷一样，有点儿像老头儿。

为什么他要那样捡东西呢？难道是腰疼吗？

会议室的对谈开始了。在这期间，我在外面等着，从走廊的窗户俯视足球场，有几位球员在那里练习射门。

“怎么样，今天了解了很多情况吧？”

谁在和我说话？我回头一看，原来是宣传部的望月叔叔。前几天，就是他带我和爷爷去见了栗山叔叔。虽然正值仲夏，但他依然穿着笔挺的西装。

望月叔叔说了一句出人意料的话。

“我也是你爷爷的学生哟。”

“咦，是真的吗？”

难怪前几天看完球赛回家时，爷爷说“遇到孩子们真好”呢。

当时我一心想着栗山叔叔，并没有问“孩子们”是谁。

“栗山和我是同班同学，我们一起踢足球。”

哦，原来是这样啊，我突然对望月叔叔有了亲切感。那么，我可以向他提出心中的疑问吧。

“刚才栗山叔叔捡圆珠笔的时候，为什么动作像个老头儿呢？”我描述了刚才看到的情形，“是腰疼吗？”

“不，不是腰疼。情况正好相反。”

“我不明白。”

“他是为了避免腰疼，才那样做的。”

我还是不明白他的意思。

“如果腰部过度用力，即使是职业运动员也可能受伤。虽然受伤的概率只有万分之一，但绝对不能冒险。所以栗山才规规矩矩地站起来，然后蹲下去捡东西。”

哦，原来是这样。

不是因为腰疼，而是为了避免腰疼才那么做啊。

“作为运动员，栗山知道什么才是最重要的。”

“咦，最重要的是什么呢？”

是肌肉的力量、体能，还是专注力？

“是长久的坚持。”

“啊？”

“你也想当一名职业足球运动员吧？”

“是的。”

“你想象过成为职业足球运动员后的样子吗？”

“想象过。比如开入队招待会的时候笑嘻嘻的，首秀战第一次踢进球。”

“是吗？再往后的事情没有想过吧？”

“嗯……”因为还没有成为职业球员，再往后的事没办法想象呀。

“只要努力，就有可能成为职业球员。”

“嗯！”

"但是，如果只是抱着刚才那种想法，职业生涯可能不会持续太久。"

"啊？"我瞪了望月叔叔一眼。我不想听不是足球运动员的人说轻视人的话。

"一心想成为职业足球运动员的孩子，一旦实现了梦想，就到此为止了。所以，他们奋发进取的意识会很薄弱。"望月叔叔抱着胳膊，继续说道，"如果那样，只能短时间内体验一下足球运动员的工作。但是，想要把踢足球作为长期的事业很难。"

"唔……"

“因为老球员们都很厉害，下一年又有前途无量的新人进来。准备出场比赛的重要时刻，如果身体出了问题，想继续驰骋赛场就很难了。”

我从没想过会发生那样的事情。

“成为风光的职业球员，两三年后就悄悄隐退的球员也有很多，比如我。”

“啊？”我抬起头看着望月叔叔的脸。

“我和栗山是一起进入东都足球队的。”

“是、是真的吗？”

难道他原来真的是足球运动员？我

早就发现他个子高，肩膀很宽。

“我和栗山是同一所小学、同一年级的学生，还一起成为职业球员，是当时电视、报纸上的热点话题。况且上小学的时候，我比较勇敢，足球踢得更好。”

望月叔叔微微一笑。

“那时我经常喝酒，没休息好就参加比赛。现在想想简直是胡来。就那样，我受了伤，所以只能做幕后工作了。”

“是这么回事呀……”

“现在我工作得很开心，不过当时的确受到很大的打击。”

不得不放弃梦想的工作，一定很痛苦。

“成为职业足球运动员后，要不断提高球技，变得更强大，同时也要爱惜自己的身体，避免受伤。栗山能同时兼顾这两点。”

我竟然把栗山叔叔捡圆珠笔的姿势想象成老头儿的动作，真惭愧呀。

“但是，没必要让球迷们看到自己小心谨慎的幕后形象。所以，栗山才用大猩猩式的动作来表明强势的态度。努力不是做给人看的。”

“我知道了。这是秘密吧？我不会写进报道的。”

听我这么一说，望月叔叔扑哧笑了。

“这个我不担心。你肯定不会写的。”

“为什么？”

“因为你根本不是新闻部的。”

呀，怎么露馅儿了？

“昨天，你的班主任来见我了。虽然放暑假了，但他正好值班。还有足球俱乐部的教练也在。”

为什么我感觉他们像是在做侦探呀。

“神秘的小学生缠着我们的王牌球员。如果他是竞争对手的间谍，可就糟了。哈哈。”

哼！望月叔叔也太小看我了。

“仔细研究对手，这是职业足球运动员的基本素养呀。栗山也会这么做。”

“难道栗山叔叔也……”

“是呀。观看对方球队的比赛录像，研究对手的习惯和战术，考虑对策，这

就是职业球员。”

哇，原来足球运动员不仅仅要在球场或者健身房训练，工作内容真的很丰富呀。

“对了，我听你的老师说了很多关于你的事。明年就要开始学英语了，你是不是不喜欢呀？”

“因为我只想踢足球。学习嘛，我不太喜欢。”

“说什么呢！如果你将来成为国家队的足球运动员，去国外比赛的时候一句英语也不会说，那可怎么办啊？”

啊，我还没有想那么远呢。

“听说你在绘画课上偷懒，和朋友说悄悄话。”

“这个嘛，先不说英语了，绘画和足球又没什么关系。”

“你没看到我们俱乐部入口的球员商店吗？每位正式球员都要设计一件独一无二的T恤，在店里销售。如果画画很差劲，就不能很好地表达自己的想法，是吧？每门课程都有用，全都和未来的工作有关系。所以，你得好好学习呀。”

“这个……好的，我会好好学习的，一定会的。”

“哈哈，被望月狠狠地批评了一顿吧？”

这时，栗山叔叔从后面过来了，采访应该结束了。

我被望月叔叔数落了一番，正想找谁出气呢。他竟然说这种话！

“栗山叔叔，你刚才对谈时没事吧？”

“什么事？”

“上厕所呀。”

“咦？”

“对谈之前，你不是因为紧张，去了好几趟厕所吗？”

我本来想说出他的弱点，没想到他咯咯地笑起来。

“不知道为什么，我一坐上马桶，就会有灵感。”

“啊？”

“平时，比赛前我每次去厕所，就会想出各种战术。今天的对谈提什么问题呢？所以我去厕所思考这件事了。坐在马桶上想一想，我就豁然开朗了。”

原来是这样呀。

这么说，栗山叔叔真是随时随地都在思考和足球有关的事呀。

不，我还是有疑惑。也许他说的只是其中一个理由，实际上有可能是因为肚子疼。

好吧，我暂且相信他的话。

“我还有一个问题。”

“什么呀？”

“你其实是个爱哭鬼吧？”

“不是啊，不可能的事。”

假装忘记了可不行呀。

“你还记得上小学时在妖怪大会上哭鼻子的事吧？”

“噢？啊……”

栗山叔叔和望月叔叔对视了一下，害羞地笑了。

太棒了，有种以牙还牙的感觉。

但是，栗山叔叔说出了实情。

“当时，我特别害怕，在一片黑暗中，根本不知道台阶在哪里。如果一脚踩空，摔下去受了伤，大后天的比赛就不能参加了。我心里很不安，就哭了。”

咦？和我想象的完全不一样。怎么不是因为害怕妖怪才哭呢？原来是因为太重视足球，不想受伤才哭的，他从小学开始就有了职业意识呀。

竟然不是一段可笑的往事，而是一个励志的故事。

还剩最后一个问题了。

“栗山叔叔，你大概还能继续当多久的足球运动员？”

“啊，这要看身体能坚持到什么时候。我现在二十七岁，我想还可以再当十年。”

“一定不要忘记这句话呀。”

“啊？”

“十年之内，我也会成为职业足球运动员。到时候，请和我并肩作战吧。”

栗山叔叔什么也没有说，而是举起右手，将掌心朝向我。

我也举起右手，痛快地和他击掌。

一言为定！

进入职业球队并不是终点。我要和栗山叔叔在同一个球队踢球，一起成为国家队球员，一起参加世界级比赛。

TOUTO
9

我想当很久很久的职业球员，在球场上创下很多很多佳绩。

暑假的最后一天，我来到体育馆观看足球比赛。爷爷拿到了东都足球队和高岛足球队的比赛门票。

哨声响了。开球！栗山叔叔和队友

一起，在足球场上奔跑。哇，栗山叔叔抢到了球。其他两名前锋被盯得死死的。

做出一个假装传球的动作后，栗山叔叔一鼓作气，将球铲入罚球区。他的速度非同一般，对手根本来不及应对。

守门员已经做好了防守准备。

栗山叔叔果断起脚射门。

S
S-LEAGUE
ACE

守门员朝右侧扑去。

球朝左侧的空隙飞去，冲进了球门。

胜利的欢呼
大猩猩模式
TOUTO
TOUTO FC
LA PLUMA
18
LA PLUMA
9
KURIYAMA

“球进了！”我跳起来鼓掌。

观众席上响起了尖叫声和欢呼声。

啊，栗山叔叔朝这边跑过来了。他“砰砰砰”地捶打着胸膛，抬头望着天空，发出“哇噢——”的呐喊。

很多球迷也学他的样子大喊起来。

大家不知道，栗山叔叔一直都在踏踏实实地努力锻炼。全国只有一个小学生见过他训练时的身影，那就是我。

TOUTOFC
T
KEND

我大声呼喊着，分享好消息。

“栗山叔叔，昨天训练的时候，教练宣布我从九月起就是正式球员了！虽然我是四年级的学生，但是被选上了！”

尽管我的声音被人们的欢呼声淹没了，但我相信栗山叔叔肯定听到了。因为他朝我这边抬头望了望，露出了微笑。

足球运动员小贴士

附录

足球运动员是怎样的职业？

足球运动员在球场上看起来轻轻松松、风光无限，但为了取得好成绩，他们在场下努力训练。

东都足球队的球员们在训练场集合后，各自去跑步或做伸展运动热身，然后练习射门或进行小型比赛训练。也有像进太所崇拜的球星栗山叔叔那样，在训练前后锻炼躯体肌肉的。

为了避免受伤，必须好好锻炼。像东都足球队宣传部的望月佐久那样，因伤病而遗憾退役的球员也有很多。

训练结束后，如果有球迷来要签名或者握手，球员们要热情地笑脸相迎。招待球迷也是非常重要的工作。有时球员们还要接受电视台和杂志的采访。

什么人适合当足球运动员？

足球运动是注重战术的团体竞技项目，所以球员善于思考和团队协作非常重要。

虽然每个人在球场上的位置是规定好的，但是根据比赛的情况，球员担任的角色会发生变化。作为一个团队，球员间的沟通是必不可少的。

栗山叔叔观看对方球队的录像，为了获胜而研究战术。然后，他会和教练、队友们沟通，发挥团队协作作用。职业足球运动员就需要是这样执着的、有进取心的人！

他们有着不服输的坚定信念，坚持不懈，相信自己一定能行，严格要求自己。

他们的膳食安排也是如此，一切都是为了取得比赛胜利。像栗山叔叔那样的足球运动员，为了有矫健灵活的身体，很注重饮食的营养均衡。

为了赢得比赛，要经常一边思考，一边训练，还要合理搭配饮食，并且始终保持积极进取的心态，这样的人才适合当足球运动员。

如何成为一名足球运动员？

要想成为一名职业足球运动员，就要加入职业足球队。有一种方法是参加青少年足球选拔赛。比如，进入青少年足球队，就可能进入职业足球队；或者进入足球学校，在那里展现自己的实力，接受职业足球队教练的选拔。

日本国家足球队球员本田圭佑，一开始没有从少年队直接晋级到青年队。后来他在全国高中足球冠军赛上备受瞩目，顺利进入了顶级球队，球技不断得到提升。他也实现了幼年时想要走上世界舞台的梦想，进入AC米兰足球俱乐部。如今很有实力的足球运动员，都是战胜了很多挫折，才实现梦想的。正如故事中宣传部的望月佐久所说，长期活跃在赛场上的，才是职业球员。无论是在成为职业球员之前，还是成为职业球员以后，只有不断战胜挫折，经历每一场艰难的比赛，才能称得上是一名真正的职业球员。

[日]吉野万理子

生于日本神奈川县，作家、编剧。曾获首届新潮娱乐奖。代表作有《时速47米的飞奔》《如果是陌生人，该怎么办》等。

[日]羽尻利门

生于日本兵库县，插画师。代表作有《快住手，乌鸦嘴》《那家伙和我》等。

图书在版编目（CIP）数据

奔跑吧！未来的王牌球员 /（日）吉野万理子著 ；（日）羽尻利门绘 ；袁秀敏译. -- 北京 ：海豚出版社，2024.3

（有趣的工作）

ISBN 978-7-5110-6668-8

Ⅰ. ①奔… Ⅱ. ①吉… ②羽… ③袁… Ⅲ. ①儿童故事－图画故事－日本－现代 Ⅳ. ①I313.85

中国国家版本馆CIP数据核字(2023)第207098号

奔跑吧！未来的王牌球员

[日] 吉野万理子 著

[日] 羽尻利门 绘

袁秀敏 译

出 版 人　王　磊

责任编辑　张国良　白　云

特约编辑　董碧沙

美术编辑　王小喆

内文制作　张　典

责任印制　于浩杰　蔡　丽

法律顾问　中咨律师事务所 殷斌律师

出　　版　海豚出版社

地　　址　北京市西城区百万庄大街24号　邮编 100037

电　　话　(010)68996147（总编室）

发　　行　新经典发行有限公司

电话 (010)68423599　邮箱 editor@readinglife.com

印　　刷　北京奇良海德印刷股份有限公司

开　　本　889mm×1270mm　1/32

印　　张　25

字　　数　300千

印　　数　5000

版　　次　2024年3月第1版

印　　次　2024年3月第1次印刷

书　　号　ISBN 978-7-5110-6668-8

定　　价　208.00元（全十册）

如有印装质量问题，请发邮件至 zhiliang@readinglife.com

有趣的工作

我要当动物医生

[日]木村裕一 著
[日]佐藤有香 绘
田秀娟 译

海豚出版社
DOLPHIN BOOKS
CICG 中国国际传播集团

接待处
冬季预

“打扰了！我是刚才打来电话的小山翔太。”

一推开乐意特动物医院的门，我就喊了起来。

“按顺序叫号，请在那边等候。”接待处的护士指着候诊室的沙发对我说。

“哦，还有人在候诊啊。”

我努力平复心情，坐到沙发上。

刚把宠物包放到膝盖上，我家的小猫诺比就不安地叫了起来：“喵——”

我环顾四周，发现大家很安静，还有人在看杂志。我的内心却无法平静。

今天放学一回家，我就发现诺比有点儿反常。

它看上去无精打采的，躺在那儿一动不动，我早上倒的猫粮它一口也没吃。

我去了猫厕所，发现那儿有一摊红色的猫尿。

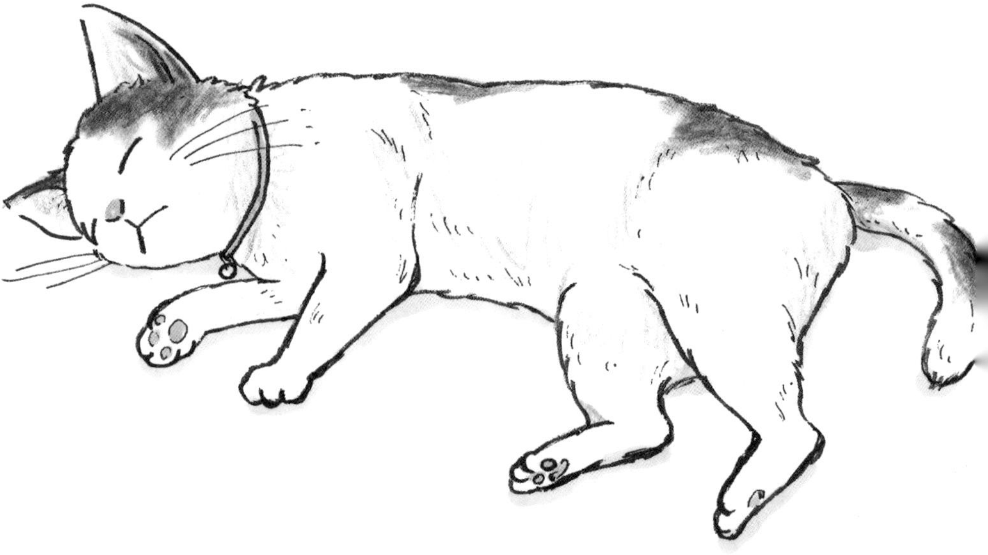

到底怎么回事？

“诺比！诺比！”无论我怎么大喊，诺比都不回应。

我担心极了，立刻给妈妈打电话。

“得马上带诺比去看医生。妈妈也想和你一起去，可妈妈工作实在太忙了。”

“嗯，我知道了。那我就自己去吧。”

“你能行吗？要小心啊。”

“嗯，您放心吧。”

就这样，在呼啸的北风中，我第一次一个人抱着宠物包，急匆匆地来到这家动物医院。

“请小山诺比来诊疗室。”

“来……来了！”

终于轮到我们了！我紧张地走进诊疗室。

宽大的诊疗台旁，站着一位年轻的男医生。

“医……医生，诺比没事吧？”

我把装着诺比的宠物包放到诊疗台上后，仍紧紧地抓着。

12

“你是小山翔太吧？你一个人来的？”

“嗯。”

“我知道你现在非常担心。不过，作为小猫的主人，如果连你都这么紧张，小猫会更紧张的。来，深呼吸。”

透过医生的眼镜，我看到他的眼里

带着笑意。我深吸一口气，让肩膀放松。

“好了，把你的猫叫出来吧。”

我打开宠物包，轻轻地叫了一声：“诺比。”

诺比怯生生地露出头来。

护士抱起诺比，轻轻地抚摸它，然后把它放在诊疗台上。

诊疗台有称重功能。医生称了称诺比的体重，四点三千克。

护士马上把体重记录下来。

接下来是量体温。

医生抚摸着诺比。没等诺比反应过来，医生已经把体温计插入了它的肛门。

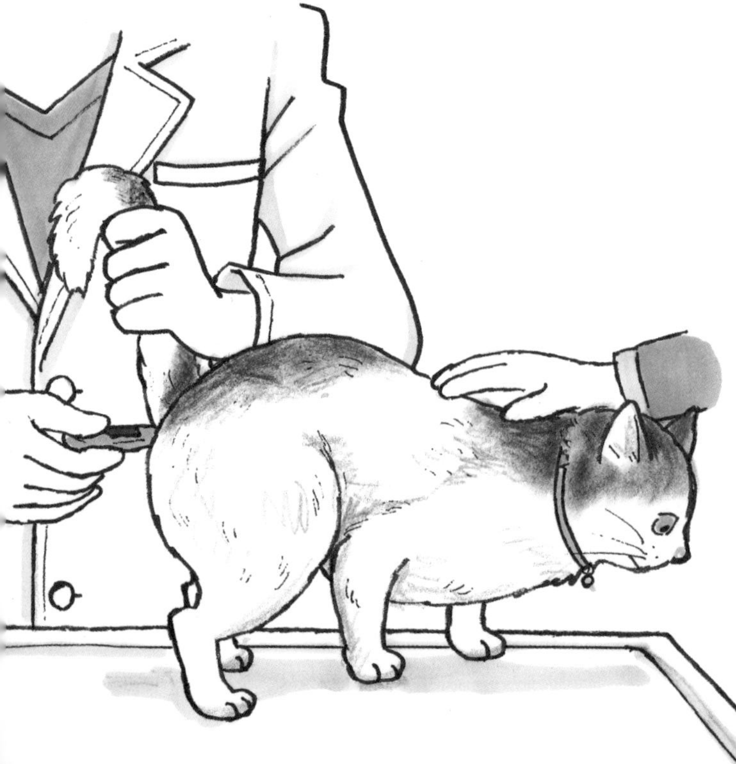

“三十八度。”

一切都很顺利。还没等诺比感到不舒服，各项检查已经做完了。

“小家伙得了尿道结石。”化验完诺比的尿后，医生说，“还好结石只有沙粒那么小，吃点儿药就能好。它的肾脏不太好，给它换换猫粮吧。”

“好的。谢谢您。”

我拿着诺比的药和新的猫粮，离开了动物医院。

诺比真的能好起来吗？

回到家里，我一直观察它的状态。

晚上，妈妈一进门就问：“诺比好点儿了吗？”

“您看。”我指了指诺比。

那天晚上，诺比完全恢复了精神，又活蹦乱跳起来。

“看来药很管用呢。”

“嗯。医生说一个星期后再去化验尿，到时候再拿点儿药和猫粮。”

“翔太，看来你一个人也做得很棒嘛。”

“那当然了！对了，妈妈，那位医生真厉害。他很了解动物，看病又快又好。没等诺比害怕，就已经检查完了。”

“啊？上次我带诺比去动物医院的时候，它还叫个不停，闹得厉害，就跟我们要把它怎么样似的。”

“今天的医生真棒！有这样的兽医，诺比再也不用害怕了。”

一个星期后，我又一个人去了乐意特动物医院。这次我只是去拿药和猫粮，不用带诺比。

候诊室里人很多。等待的时候，我好奇地观察着这家动物医院。

上次来的时候，我可没这么悠闲。这次就不一样了。

诊疗室里好像还有两三位兽医。

我看到里面有住院的小猫和小狗用的笼子，还有很多机器。那些是做什么用的呢？

“谢谢。”这时，一位阿姨抱着一只胖乎乎的猫，从诊疗室走了出来。

Love

里面传来医生的声音：“好得差不多啦。”就是上次那位医生！

阿姨回到候诊室，把猫放进宠物包。

另外一位抱着小猫的阿姨和她搭话：“小甜瓜好多啦。瞧，眼神都亮多了。”

“是啊，多亏了若宫医生。”

“我家小猫也是啊。当初我还担心它挺不过来。自从带它来这儿看病以后，它的身体好多了！”

“哦，您家的也是啊？”

说话的是一位带着柴犬的老爷爷。

听到他们的话，我开心极了。原来，那位若宫医生那么受欢迎啊。

这时，若宫医生走了出来，叮嘱那位刚从诊疗室出来的阿姨：“请您一定注意给小甜瓜保暖啊。”

“医生，谢谢您啦。”

大家纷纷感谢若宫医生。我想，不光是宠物的主人，小动物们肯定也在心里感谢医生……这位医生真是太棒了！

我从小就喜欢动物。要是将来我也能成为若宫医生那样的兽医就好了……

“小山诺比。”

突然听到诺比的名字，我回过神来。

药配好了。若宫医生从诊疗室里走出来，说：“我化验了诺比的尿，它还要再吃一段时间药。虽然它现在看上去精神不错，但还没有完全恢复。”

回家后，我满脑子想的都是若宫医生。那么厉害的医生，平时是什么样呢？

我这样想的时候，并不知道接下来我们还会有一次奇妙的偶遇呢。

星期天，我出去找朋友玩。在回家的路上，我看到若宫医生坐在公园的长椅上，牵着一只狗。十二月的天气有些冷，公园里人很少。

“医生，您好。您也养宠物啊？”

我立刻朝若宫医生跑过去。

“你是小山翔太吧，带诺比看过病。这是可可。”

“它是什么狗呀？”

“可可是混种狗。我第一次见到它时，它掉进了臭水沟。我把它救上来，就收养了它。”

“好巧！我家诺比也是这样！诺比是我婶婶在公园里发现的，它是野猫的孩子，被猫妈妈抛弃了。我婶婶把它捡回来，送到了我家。对了！医生，您为什么会当兽医呢？”

“嗯，说起来还是因为可可呢。可可来我家的时候，我还在上高中。有一次，它从家里跑出去，一直没回来。我出去找它，发现它被车撞到，腿受伤了。”

“啊？可可的腿受过伤？”

“你看，完全没有留下伤痕吧？”

“真的呢。”

“多亏了乐意特动物医院的一位医生奶奶。我原本担心它会一辈子瘸着腿呢。”

“您想当兽医，就是因为这个？”

“对啊。那时我就想，我也要成为医生奶奶那样的兽医。所以，我努力学习，终于来到了医生奶奶工作的动物医院。”

“怪不得，您现在是一位名医，什么动物的病都能看好呢。”

“名医？哈哈哈，你误会了。我还是新手医生呢。我现在负责的都是病情较轻的动物。所以，它们基本上都会很快康复。”

“医生，您住在附近吗？”

“不。我开车过来要十五分钟。可可以前晕车，一坐车就吐。为了让它适应坐车，我每天开车带它来这里散步。”

“咦？狗也会晕车吗？”

“现在可可很喜欢坐车。放假的时候，我会带它去多摩川。在宽阔的河滩上，它可以尽情地蹦蹦跳跳。”

“它肯定特别开心。”

“是啊。它很喜欢去那儿。”

这时，可可突然站起来，摇了摇尾巴。

“哈哈，有人带着母狗来公园了。可可最喜欢那只狗了。”

可可咬住若宫医生的裤腿，一个劲儿地往前拉。

“好了好了，我知道了。”

若宫医生只好站起来。

“这个小家伙要做什么，或者想说什么的时候，总是这样拽我的裤腿。它是想去找刚才那只母狗。”

“是哦，可可正往那边拽你呢。”

“小山翔太，那就再见了。和你聊天很开心。”

“医生再见。”

“可可，别这么用力嘛。”

夕阳下，若宫医生开心地跟着可可的脚步，走远了。

“医生私下里原来是这样的呀。”

宠物领养

我觉得自己和若宫医生亲近了很多，非常开心。

又一个星期六，我带着诺比的尿去了乐意特动物医院。

那天，候诊室里没有其他候诊的人。我在等待的时候，接待处的护士有了空闲，和我聊起天来。

“小山翔太，你真棒，每次都是一个人来给诺比看病。”

“诺比已经好多了。多亏了若宫医生。大家都很喜欢他。”

“若宫医生是今年来这里的。他年轻，有发展前景。大家都很看好他呢。”

“若宫医生的医术那么高明，真了不起。他肯定很喜欢动物。”

我刚说完，就听到了若宫医生的声音。

“仅仅是喜欢动物，对一名兽医来说还远远不够。”

我回头一看，若宫医生从诊疗室走了出来。

他接着说：“当兽医还需要勇气。有时候我们要给动物打针，还要给它们做手术。动物们可不喜欢这样。它们一定觉得兽医很可怕。也许，兽医一辈子都不会得到动物的理解。”

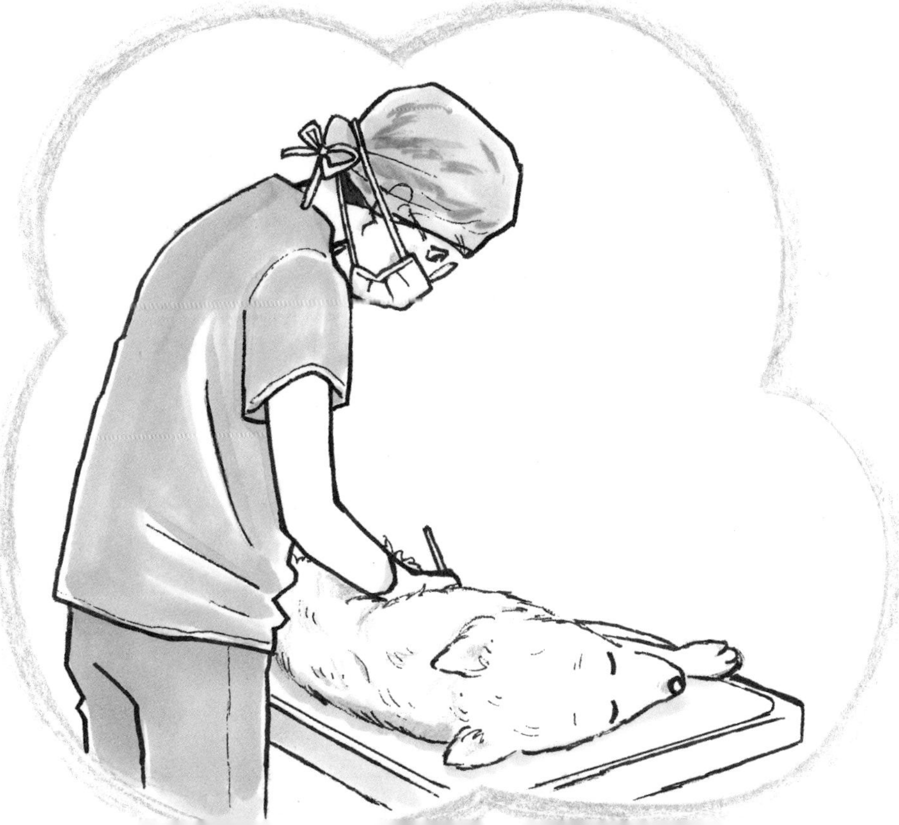

“啊？可是兽医给那么多动物治好了病，它们怎么会不喜欢兽医呢？”

“用医生奶奶的话说，这就是兽医的命运。对了，诺比的尿化验过了，没有问题。以后它不用吃药了。今天你拿点儿猫

粮。回去后，要继续观察它的情况。”

“太好啦！”

我心里顿时松了一口气。但是，一想到以后见不到若宫医生了，我就有些失落。

于是，我说出了一直想说的话：“我也要成为像您这样的兽医，我该怎么做呢？”

若宫医生有些吃惊，他笑着说：“兽医的工作可不像你想象的那么轻松，并不是每天被可爱的动物们围着，被它们

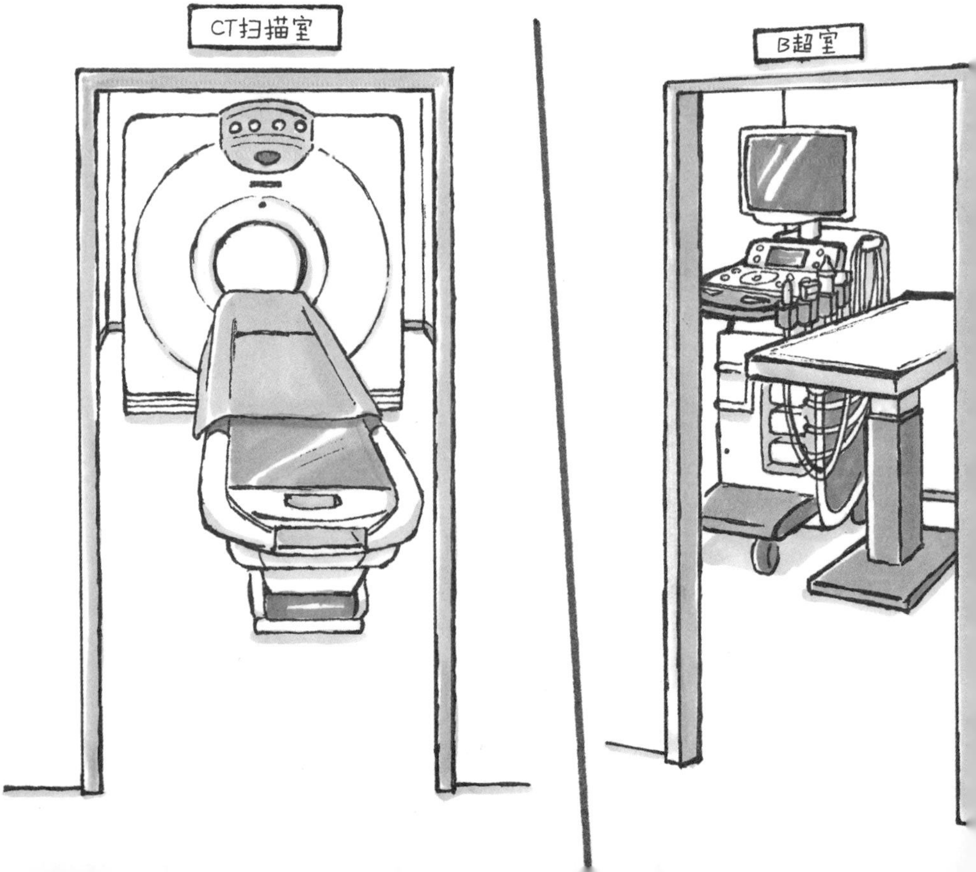

感激。如果你真想当兽医，就必须好好学习。对了，难得今天带动物来看病的人少，其他医生也休假了，我就带你这名未来的兽医参观一下动物医院吧。”

“真的吗？太好啦！”

我好激动！

“这是诊疗台。你之前见过，它也是体重台。”

“嗯，上次诺比在这儿称过体重。”

“这是 X 光室。”

“这是 B 超室。”

“这是 CT 扫描室。”

“咦，这和人类看病的医院一样呀？”

“当然啦。动物也会和人得一样的病。比如诺比就是肾脏不好，得了尿结石。人也会得这样的病。”

“那兽医学的东西也和给人看病的医生学的一样吗？”

“当然了。不过，给人看病的医生会区分眼科、外科、内科、泌尿科等不同的专科。但动物医院的兽医要看所有的专科，可能比给人看病的医生更辛苦呢。”

“这么厉害！”

“不仅仅是这样。给人看病的医生只给人看病。而兽医要学习关于牛、马、狗、猫、黄鼠狼等各种动物的医学知识，对不同的动物进行不同的治疗。”

“啊，好难呀……”听了若宫医生的话，我觉得自己根本学不会那么多知识。

看来，光是喜欢狗和猫这些动物，确实还不能成为一名兽医。

“还有，动物不会说话，不能告诉兽医它哪里不舒服，怎么不舒服。有时候，动物还会把兽医当作敌人。好多兽医都曾经被动物攻击过，受过伤呢。”

“啊，好可怕！”

“那你还想当兽医吗？”若宫医生有点儿调皮地看着我。

“唔……”

看着眼前的诊疗台，想到生病的诺比前不久就是在这里接受医生治疗，然后才痊愈的，我紧盯着若宫医生的眼睛，说：“医生，我还是想当一名兽医！”

“哈哈哈，你和以前的我一模一样。”若宫医生笑了。

到家吃过晚饭后，我对妈妈说：“长大后，我要像若宫医生一样当一名兽医，帮助很多很多的动物。”

“原来若宫医生是你的偶像啊。那你可得好好学习，加油！”妈妈笑着说。

龙

正月里，动物医院放假了。我给诺比准备了充足的猫粮，倒是不用担心。只是，见不到若宫医生，我有些失落。

诺比已经痊愈了。虽然天气很冷，但它依旧很喜欢出去玩。每天只要有时间，它就会从家里跑出去。

傍晚，只要诺比肚子饿了，就肯定会回家。

可是，今天它一大早就出去了，到晚上还没回来。

我打开窗户，喊了好几次："诺比！吃晚饭了。"却一直没有得到回应。

我只好出去找它。

“诺比！诺比！”

我一边喊，一边在家附近转悠，还是没有找到诺比。

我越来越担心。

它不会被车撞了吧？不会被大猫或者乌鸦袭击了吧？

突然，不知从哪里传来了“喵喵”的叫声。

是诺比！

我朝着声音传来的方向跑过去，看见它正趴在一间空房子的屋顶上。

它拼命地冲我伸着头，“喵喵”地叫着。原来它下不来了。

“别怕，我现在就来救你。”

我顺着门柱爬上去，朝屋顶伸出手。

“喵喵”，诺比过来了。

“来，抓住我。”

我伸出手，想抓住诺比的前腿，它却把前腿缩了回去。

“诺比，过来呀。不然你下不来。”

我一次次地伸出手，诺比却一直往后躲。可是，它“喵喵”地叫着，分明像是在说：“救救我！救救我！”

我急得快要哭了。

这时，一个声音从我身后传来。

“怎么了？诺比下不来了吗？”

我回头一看，是若宫医生。

他从车窗里探出头来，说：“猫就是这样的。你家离这里近吗？”

“很近。”

“那你去把宠物包和猫粮拿来。”

“好。”

我拿来了宠物包和猫粮。若宫医生把猫粮放在宠物包里，然后顺着门柱爬了上去，把宠物包轻轻地放到屋顶上。

诺比肚子饿了，它小心翼翼地靠近宠物包，钻了进去。

“进去了！”

若宫医生取下宠物包，递给我。

“给你。”

“医生，谢谢您。”

“你知道哪儿有卖鸡胸肉的吗？超市的鸡胸肉都卖完了。现在是正月，小商店都关门了。”

“这附近有一家鸡肉铺。老板就住在店铺后面。我去敲门，他听到后应该会开门。”

“太好了。那就拜托你了。”

我们立刻把诺比送回家，去了鸡肉铺。可是，店里没人。我摁了好多次门铃，也没人回应。

“这可怎么办？”

我回头一看，吓了一跳。

若宫医生正急得团团转呢。

“到底是怎么回事？”我问若宫医生。

“可可吃不下东西，已经三天没吃饭了。”

“啊？”

“我试了好多种办法，都不管用。听说在鸡胸肉里加柴鱼干，能帮助狗恢复食欲。”

“兽医也会用这样的方法吗？”

“当然了，光靠药也不能解决所有问题啊。”

正在这时，一辆车开了过来，是鸡肉铺的老板回来了。我们连忙向他说明情况。

“现在是正月，鸡胸肉年前就卖光了。对了，寺大街的鸡肉铺可能还有存货。”

我们马上往寺大街跑去。

接待处
冬季预防活动

“正好还剩一盒。”

我们终于买到了鸡胸肉。

若宫医生连声道谢，心满意足地拿着鸡胸肉回去了。

正月的假期终于结束了。乐意特动物医院又开始营业了。也就是说，我又能见到若宫医生了。

我连蹦带跳地跑到乐意特动物医院，去给诺比买猫粮。

可是——

“若宫医生请假了。”

听到接待处护士的话，我大吃一惊。

“啊？怎么回事？”我问道。

“我们也很担心。翔太，我只告诉你，若宫医生突然来电话，说不想当兽医了。”

“啊……为什么？”我一下子惊呆了。

动物医院的人也不知道到底是怎么回事。

我眼前一片黑暗——我突然失去了奋斗目标。

不知不觉中，我又来到和若宫医生偶遇的那座公园。

啊，若宫医生在那儿！

他独自坐在长椅上。

“医生，难道您真的不当兽医了吗？”

我马上跑到若宫医生身边问他。

“嗯。可可死了。我连自己的狗都救不了，没有资格当兽医。”

“啊？可可它……上次买的鸡胸肉和柴鱼干呢？”

“可可吃了。它那个时候已经三天没吃东西了，所以吃得很香。我当时高兴极了，还以为它能好起来……

“第二天，可可又病倒了。乐意特医院正月不营业，我带可可去了急救医院。医生说它的心脏有问题。”

“啊？可可看上去那么精神！”

“是啊，所以我完全没有发现。我根本就不是一位合格的兽医。”

“不，不是这样的……”

“急救医院的医生问我，是住院还是带可可回家。医生说，即使住院，也不一定能抢救过来，可可很可能当天晚上就会死掉。”

“啊，怎么会这样……”

如果诺比也遇到这种情况，我该怎么办呢？

“我也不知道该怎么办，想了一晚上，我突然想起来，医生奶奶说过：‘动物根本不知道兽医是干什么的。我们给它打针，它以为我们在欺负它。如果让动物住院，它会以为主人不要它了。动物听不懂人的语言，真是没办法的事。’”

“原来如此。人们这么做，是为了给动物治病，动物却觉得主人抛弃了它。”

若宫医生边回忆边说：“于是，我做了决定。可可已经十三岁了，即使出现奇迹，抢救过来了，它最多也只能活一两年。我不想让它住院，不想让它难过。在它生命最后的时刻，我要陪在它身边。”

我被若宫医生感动了，说不出话来，只能一个劲儿地点头。

“之后的三天，我没有睡觉，一直陪在可可身边。每次它发病的时候，我就抚摸它的身体，低声念叨着，希望它快点儿好起来。‘可可，你真好。能和你相遇，真是太好了。春天就要到了，我们还要一起去多摩川。你还要在河滩上尽情地玩耍呢。’”

“医生……”

“可可默默地听我说话，在我的怀里慢慢闭上了眼睛，永远地离开了这个世界……”

突然，若宫医生语调变得很激动：“我自己是兽医，学的就是如何救治动物。可我连自己的狗都救不了。除了陪在它身边，我什么也做不了。”

他猛地攥紧了拳头。

我一时不知道说什么好。

不知过了多长时间，若宫医生突然抬起头看着天空，站了起来。

“啊，医生，长椅上有——”

长椅上有颗裸露的钉子钩住了若宫医生的裤腿。

若宫医生大喊一声：“可可！”

他低下头，看着脚下。

“可可，你要去哪里？”

他的表情变得柔和起来。

过了一会儿，只听见“嘣”的一声，钉子和他的裤腿分开了。

若宫医生泄了气，他坐在长椅上，静静地闭上眼睛："刚才，可可来了。我和它在多摩川的河滩上尽情地奔跑呢。"

我明白了。

刚才，若宫医生好像出现了幻觉，看到了可可。

其实，说不定可可真的来过呢。

这么想着，我不禁对他说："我想，可可是幸福的。"

"啊？"

若宫医生吃惊地抬起头。

"可可如果能说话，一定也会这么对您说。"

若宫医生沉默了一会儿，喃喃自语：“是啊。对动物来说，能活多少年并不是最重要的，能感受到主人的爱才是最重要的……”

他深吸了一口气。

“你肯定能成为一名优秀的兽医。”

今天，我第一次看到了若宫医生的笑容。

过了一段时间，我带诺比去乐意特动物医院打疫苗。若宫医生已经精神饱满地回来上班了。

他对我说：“小山翔太，你来看看这个。”

说着，他从口袋里掏出两封信。

我打开一看，其中一封信的上面写着一段话，下面还画了一幅画。

另一封信是这样写的：

宠物领养

我抬起头。

若宫医生说："你看，给宠物治好病当然很重要，但是考虑宠物主人的心情也很重要。对宠物来说，主人就是它们的家人。替宠物的主人着想，也是我的工作。是可可教会了我这一点。"

今天的若宫医生比上次更帅！

我好开心！我的偶像就是这么棒！

"是吧，诺比？"

"喵！"诺比也这么想呢。

兽医小贴士

附录

兽医是一份什么样的工作?

给动物看病的医生被称作兽医。说到兽医，你马上会想到你家附近的动物医院的医生吧？比如书中的乐意特动物医院的若宫医生。

的确，在日常生活中，最常见的兽医就是动物医院的医生。这本书讲的就是小山翔太带宠物猫诺比去动物医院看病的故事。

实际上，除了在动物医院工作的兽医，还有很多在其他领域工作的兽医。

比如，有的兽医的工作是为牛、猪等家畜做健康检查，防止它们得传染病。正因为这些兽医辛勤地工作，我们才能吃到安全、美味的肉，喝到放心的奶。

有的兽医在动物园、水族馆、动物保护中心、宠物食品公司工作，还有的兽医的工作是照顾大学、制药公司中用于科学研究的动物……

而且，兽医的工作不只是照顾活着的动物。有的兽医还负责调查国外进口的食用肉的安全性。

因此，并非不养宠物就和兽医没什么关系。其实，我们每个人的生活都和兽医息息相关。

什么人可以当兽医？

“仅仅是喜欢动物，对一名兽医来说，还远远不够。”若宫医生这么说过。

动物医院里不仅有狗、猫，还有蛇、蜥蜴。这时，兽医可不能说“我害怕蛇”。

兽医要和动物打交道，所以他们很难正常地休息。而且，虽然兽医所做的一切都是为了帮助动物，但对动物来说，给它打针、让它感觉很疼的兽医，它肯定很讨厌吧。

兽医的工作非常辛苦。他们在工作中全心全意地为动物着想，渐渐地了解动物的喜好、体会动物的心情。能做到这一点，是一件非常令人开心的事情。

所以，喜欢动物是当兽医的首要条件。

如何成为一名兽医？

要想成为兽医，可以报考大学的动物医学系。一般的大学是四年学制，动物医学系和其他医学系一样，是四年或五年学制，需要学习许多课程。

毕业后，通过了执业兽医资格考试，就能拿到执业兽医师资格证，成为一名兽医。

在给人看病的医院中，有医生和护士。动物医院也一样，除了兽医，还有护士。

在不同的工作场合，兽医和护士互相配合，共同守护着动物的健康。

[日]木村裕一

生于日本东京，童话作家。曾获日本讲谈社出版文化奖、日本产经儿童出版文化奖等。代表作有《暴风雨之夜》《动物过家家》等。

[日]佐藤有香

毕业于东京设计学院。插画作品有“磁力玩具屋”系列，以及《非常对不起》等。

图书在版编目（CIP）数据

我要当动物医生 /（日）木村裕一著 ;（日）佐藤有香绘 ; 田秀娟译. -- 北京 : 海豚出版社, 2024.3
（有趣的工作）
ISBN 978-7-5110-6668-8

Ⅰ. ①我… Ⅱ. ①木… ②佐… ③田… Ⅲ. ①儿童故事－图画故事－日本－现代 Ⅳ. ①I313.85

中国国家版本馆CIP数据核字(2023)第207099号

我要当动物医生
[日] 木村裕一 著
[日] 佐藤有香 绘
田秀娟 译

出 版 人 王 磊

责任编辑 张国良 白 云
特约编辑 董碧沙
美术编辑 王小喆
内文制作 张 典
责任印制 于浩杰 蔡 丽
法律顾问 中咨律师事务所 殷斌律师

出 版 海豚出版社
地 址 北京市西城区百万庄大街24号 邮编 100037
电 话 (010)68996147（总编室）
发 行 新经典发行有限公司
电话 (010)68423599 邮箱 editor@readinglife.com
印 刷 北京奇良海德印刷股份有限公司
开 本 889mm × 1270mm 1/32
印 张 25
字 数 300千
印 数 5000
版 次 2024年3月第1版
印 次 2024年3月第1次印刷
书 号 ISBN 978-7-5110-6668-8
定 价 208.00元（全十册）

我家的花店有精灵

[日]村上诗子 著
[日]壁谷芙蓉 绘
田秀娟 译

有趣的工作

海豚出版社
DOLPHIN BOOKS
CICG 中国国际传播集团

“菜乃，快起床！天都亮了，你还要睡到什么时候啊？”

菜乃猛地睁开眼。只见一个陌生的小生物扑扇着翅膀，在空中飞来飞去。它长得像个微型小人儿，只是背上多了一双翅膀，个头儿和菜乃的铅笔盒差不多。

“你……是谁？”

菜乃有些害怕，慢慢坐起来。

“我是精灵乔可可。”

“精灵？”

“是的。你知道精灵吗？”

“嗯……”菜乃一脸疑惑地看着眼前的精灵，“就是从树啊、花啊，还有神灯里面出来的那种精灵……”

“对！对！就是那种！”乔可可高兴地点点头。它看上去一点儿也不可怕。

“你来这里做什么？”

“我的工作，就是让那些每到周末就在家无所事事的孩子走出房间，帮助他们过上充实、有意义的生活。”

“嗯？怎么感觉你在说我坏话呀。”

菜乃噘起了嘴巴。

乔可可连忙摆摆手，说：“没有，没有，绝对没有。其实，这不仅是我的工作，还是我在精灵学校实习课程的一部分。我还在上学呢。”

“精灵学校？那你们有考试吗？”

“当然有啊。”

“哦，那你可真辛苦。加油！”

看来这个小精灵并不可怕。于是，菜乃准备继续睡觉。她又躺了回去。

这下可把乔可可急坏了。

“喂，等一等，等一等。你到底有没有好好听我说话？菜乃，你家不是开花店的吗？你快起床，去帮帮忙吧。”乔可可给菜乃出了个主意。

“难道警察家的孩子周末就得当警犬？医生家的孩子周末就得当护士？哈哈，也不错嘛。”菜乃信口开河起来。

一大早就被吵醒，她的心情不太好。

乔可可急了，不知道该怎么办。

菜乃接着说：“对啦！既然你是精灵，那肯定会魔法吧？如果你给我表演个魔法，我就陪你玩儿。”

“哎呀，我又不是来和你玩儿的……”

“咦？你不会魔法呀？”

“不不不，我会……”

“那你给我表演一个嘛！”

刚才还困得直打哈欠的菜乃，马上打起精神，两眼放光。

“如果被发现了，我会被批评的。”

“谁会批评你？”

“精灵学校的老师呀。”

“被批评也是一种人生经历嘛。”

“啊？”

“我就经常被批评。一被批评，我爸爸妈妈就笑嘻嘻地这样说。”

“哎呀，我不是来玩儿的。我是为了让你帮家里干活儿……”

乔可可一边说，一边从口袋里拿出一张卡片。

“喏，你看。”

“这是什么？”菜乃接过卡片。

只见卡片上写着三行字，内容分别是“目的地”“名字”和“签名”。

“目的地”那行写着“花田鲜花店”，“名字”那行写着“花田菜乃”。

“菜乃，你帮家里干活儿吧。然后请家长在卡片上签字。”

“这不是和做作业一样吗？在家里朗读课文，然后让家长签字。”

菜乃摆出一副很懂的样子。

“啊？一样吗？”乔可可歪着头问。

菜乃说了那么多话，心情好多了。现在她一点儿也不困了。

“我明白了。你可真可怜。好吧，我帮你！”

“我哪里可怜啊……算了，总之谢谢你。”

说干就干，菜乃马上换好衣服，起床了。

“我要把你介绍给爸爸妈妈。他们肯定会吓一跳。”菜乃兴奋地说。

乔可可轻轻飞舞，说：“不会的。除了你，其他人都看不见我，也听不到我的声音。”

“唉，真没意思。”菜乃又泄气了。

“对了。刚才你不是说想看我变魔法吗？看，我会变小。”

“啊？那你不是会被批评吗？”

“只是变小一点儿，没关系的。”

“嘛咪嘛咪——”乔可可念起了咒语，“啪啪啪”地打响指。

只见它的身体越来越小。

接着，乔可可轻轻地飞起来，一下子钻进了菜乃胸前的口袋里。

“哇，你真厉害！”菜乃用力鼓掌。

“我在口袋里，和你说话也方便。”

“是呀。对了，你让我在店里帮忙，我到底要做什么呢？算了，我还是先吃早饭吧。”菜乃向厨房走去。

爸爸妈妈已经去花店了。和往常一样，一到周末，菜乃就一个人吃早饭。她在烤好的面包片上抹上橘皮果酱，又倒了一杯柠檬茶。

“咦？这是什么？”乔可可一脸好奇地问。

看到乔可可眼馋的样子，菜乃掰下一块儿抹了橘皮果酱的面包，让它尝尝。

“哇，太好吃了！人类世界真好！”

乔可可吃得津津有味。

菜乃吃完早饭，收拾好之后，就出门了。

她拐了个弯，来到自家花店门前。

爸爸正在花店门口往车上搬花。

“爸爸，早上好。”

“早啊，菜乃。你今天起得挺早嘛。”

爸爸说得没错。以前的周末，菜乃最起码要比现在晚一小时才起床。

“爸爸，我想帮你们干活儿。”

听了菜乃的话，爸爸咧嘴笑了，朝店里看去。

妈妈正在店里制作漂亮的花篮。

“你是不是想要什么东西？”

“才不是。学校布置了作业，要我们给家里干活，然后请家长在这张卡片上签字。”

“啊？好新奇的作业。”

爸爸把卡片放进包里，一脸怀疑地看着菜乃。

菜乃把脸转了过去。

待在她口袋里的乔可可大笑起来：“哈哈哈！你爸爸不信你说的话。”

知道别人看不见自己，也听不到自己的声音，乔可可尽情地咧嘴大笑。

“好啊，你竟然这么说我。我不干了！”菜乃瞪了乔可可一眼。

“对不起，对不起。”乔可可慌忙缩了缩脖子，不作声了。

“爸爸，你现在要去送花吗？我能和你一起去吗？”

“这个嘛……”爸爸有些为难。

“我现在要去的顾客家里，有一位老爷爷去世了。菜乃，你还想去吗？”

ふ. 823

“为什么这么问？”

“就是说，这不是一件好玩的事。”

菜乃知道爸爸担心什么了。

“放心吧，我可以的。”

虽然菜乃很少来花店帮忙，但还是帮忙搬过葬礼用的花。

她往车上搬花时，觉得有些奇怪：为什么葬礼用的花颜色这么鲜艳呢？

妈妈停下手里的活儿，从店里走了出来。

“菜乃，早上好。你能来帮忙真是太好了。”

“我们出发啦。”

妈妈笑眯眯地把菜乃和爸爸送走。看着妈妈的笑脸，菜乃猜一会儿肯定有什么好事。

系安全带的时候，菜乃很小心，生怕压到乔可可。

爸爸发动引擎，车子开动了。

“爸爸，刚才我一直在想一个问题。”

“什么问题？”

“我们现在要去的顾客家里正在举行葬礼，是吧？”

“准确地说，是正在准备举行葬礼。那位老爷爷在医院去世以后，被接回了家里。”

“在医院去世的啊……”

菜乃想起自己的爷爷生病住院时，她去看望爷爷的情景。

“您要快点儿好起来啊。”菜乃对爷爷说。

“那当然。我才不会死在医院呢。我死的时候，一定要在家里。”

爷爷很快康复出院了，回到了家里。

爷爷说死的时候一定要在家里。可他根本不在家里待，现在在西班牙旅游。

“老爷爷的遗体会在家里停留一天，明天入殓，然后举行葬礼。怎么了？”

“没什么。我就是觉得今天的花比平时葬礼用的花更鲜艳。”

菜乃扭头看着后排座位上的花。

装鲜花的容器和往常一样，是白色

的，非常朴素。不过，里面的花却是五颜六色，有红的、蓝的和橘色的。

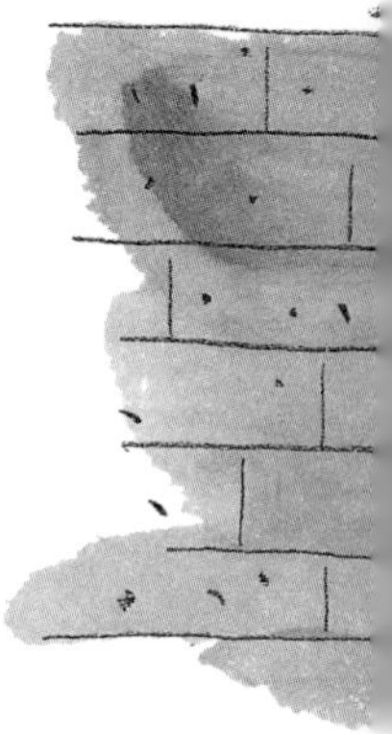

“一般情况下，不是只用白色和浅紫色的花吗？”

听了菜乃的话，爸爸高兴地看着她说：“哟，你观察得挺仔细嘛。不愧是花店老板的女儿呀。”

乔可可抬头看看菜乃，嘀咕着：“哦，原来你是在想这个呀。”

“去世的老爷爷是个真正爱花的人。他生前在院子里种了很多花，还经常给花拍照。所以，昨天我们和老爷爷的家人商量，决定用鲜艳漂亮的花和老爷爷告别。”

“原来是这样啊。”

“现在，越来越多的葬礼选择用鲜艳的花朵来告别逝者呢。”

车子开到了顾客家的门前，菜乃和爸爸下了车。

乔可可大概是憋坏了，“噌”的一下从菜乃的口袋里跳出来，飞到空中。

门口的名牌上写着“中岛”两个字。

“咦？难道是……”

菜乃马上想到了她的朋友中岛佳奈。

中岛佳奈和菜乃在同一个游泳班。昨天，佳奈没有去游泳。

游泳教练说：“中岛佳奈同学这几天请假了。”

大门打开了。一个女孩和她妈妈走了出来。

果然是中岛佳奈。她一脸悲伤地站在那里。

看到菜乃后，佳奈没有说话。她的眼睛红红的。

菜乃也不知道说什么好，一动不动地站在门外。

她认识佳奈的爷爷。

有时，佳奈的爷爷会陪佳奈去上游泳课。

无论爷爷给自己买了什么东西，佳奈都会给菜乃看。

菜乃的爸爸和佳奈的妈妈打了招呼。菜乃轻轻地低下了头。

佳奈的妈妈说：“菜乃，你也进来吧。”

菜乃的爸爸把花从车上搬了下来。

菜乃不知道自己该怎么做。

“你既然来了，就进去祭拜一下吧。毕竟是认识的人嘛。”乔可可在菜乃耳边扑扇着翅膀说。

菜乃的爸爸抱着最后一束花，走进佳奈家。

菜乃也跟着爸爸进去了。

“殡仪馆的人马上就到……”

“剩下的花先放在这里吧。”

菜乃的爸爸和佳奈的妈妈商量好后，决定把花搬到客厅。

“我们去祭拜一下吧。”

菜乃的爸爸和佳奈的妈妈走进里面的房间。

菜乃和佳奈也往里面的房间走去。

走廊上响起“咯吱、咯吱”的脚步声。

佳奈紧紧地握着菜乃的手。

此时此刻，菜乃觉得自己应该安慰一下佳奈。可是，她不知道该说什么。

她紧紧地拉着佳奈的手，希望能分担佳奈的悲伤。

佳奈的爷爷静静地躺在被褥里，身体显得很瘦小。被鲜花围绕的他好像在微笑。可是，他再也不会动了。

他去世了。

菜乃和爸爸并排跪下。

她闭上眼睛，双手合十。

这时，菜乃听到佳奈的妈妈说："孩子她爷爷，花店给您送来了好多花。一会儿就给您摆上。"

菜乃睁开眼睛，发现佳奈的爷爷似乎笑了。

一定是自己看错了，她想。

可是，她听到佳奈的妈妈说：“啊，孩子她爷爷笑了。佳奈，快看，爷爷笑了。”

听了妈妈的话，佳奈点点头。

“真是不可思议！”菜乃的爸爸说。

“多亏了这些鲜花啊。”

“哪里，哪里。那我们就先告辞了……”爸爸站起身，准备带菜乃离开。

“辛苦您了。佳奈，去大门口送一送。”佳奈的妈妈说。

佳奈跪在那里一动不动，凝视着爷爷的脸。

菜乃还是说不出话来。

“谢谢。”佳奈的妈妈说。

菜乃和爸爸回到了车上。两个人都没有说话。

“菜乃，你没事吧？”

“嗯，爸爸，我没事。可是，佳奈看上去很伤心。”

“是呀。”

“爸爸，你会觉得不舒服吗？”

“啊？”

“在别人悲伤的时候去送花。”

“也会有不舒服的时候。比如有的人会说‘什么花不花的，放那里就行了’。不过，我今天虽然看到了悲伤的场面，但并不难过，反而觉得能开花店真是太棒了。还有什么工作比这个更好呢。”

“嗯。”

想到自己没和佳奈好好说句话，菜乃很后悔。

“我什么都没做。”菜乃低着头说。

“谁说的，有你在，佳奈肯定会感到安慰。”

“真的吗？”

“当然了。”

菜乃悄悄地看了看口袋里的乔可可，问：“乔可可，你也这么想吗？”

“这个问题对我来说太难了。”乔可可歪歪头。

菜乃相信了爸爸的话。

他们回到了花店。

“莱乃，你先休息一下吧。”说完，爸爸走进店里。

乔可可从莱乃的口袋里飞了出来，一会儿往高处飞，一会儿转圈，很开心。

花店门前有一棵山茱萸树。前不久，这棵树的枝头还开满了洁白的花朵。一座小小的花坛围着这棵树。花坛中，三色堇和小白菊竞相开放。

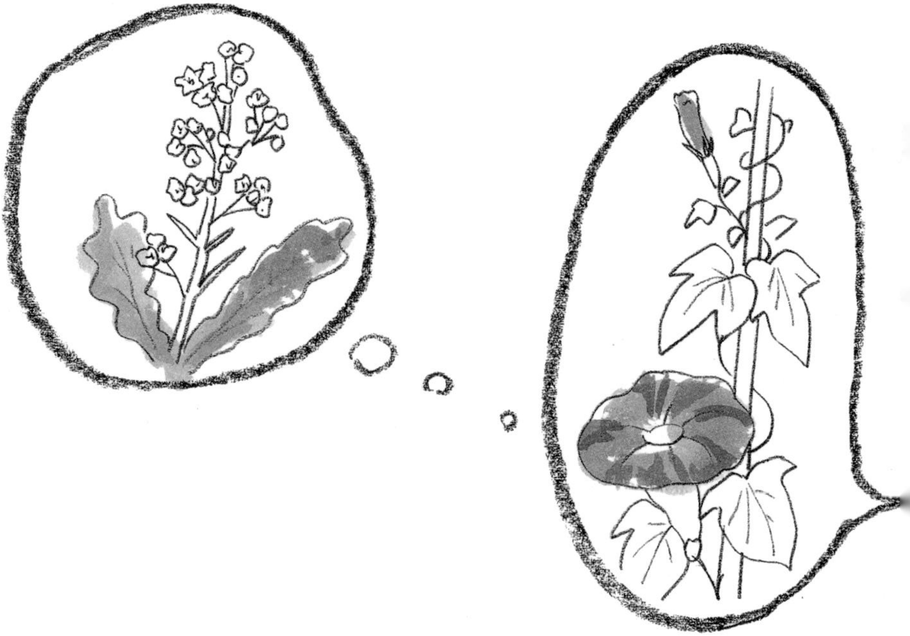

菜乃抬起头，看着坐在山茱萸树枝头的乔可可。

“你是什么精灵啊？”

“我是花精灵，所以才会来这里啊。”

“什么花？”

“向日葵！”乔可可用双手托住自己的脸。

接着，她问菜乃："你知道向日葵的花语吗？"

"花语？"

"是的。花可以用来表达好多意思。比如，向日葵的花语是'爱慕'，三色堇的花语是'沉思'，牵牛花的花语是'短暂的爱情'。"

“啊？原来是这样。”

“对了。菜乃，你的生日是哪一天？”

“三月十日。”

“嗯，那你的生日花是油菜花……哦，怪不得你叫菜乃呢。”

乔可可好像有了什么重大发现，在空中开心地飞来飞去。

“油菜花的花语是‘希望、活力’，也有开朗快乐的寓意。你的性格倒很符合这个花语呢。”

看来乔可可还真是个名副其实的花精灵。于是，菜乃决定问问她刚才的事情。

“刚才佳奈的爷爷看上去笑了，是不是你施了魔法？”

“这个嘛，嘿嘿。”乔可可一边说，一边小心翼翼地看看四周。

“真羡慕你。要是我也会魔法就好了。”

“菜乃，你肯定也有你的魔法。”

“真的吗？”

“当然了！”乔可可信心满满地说。

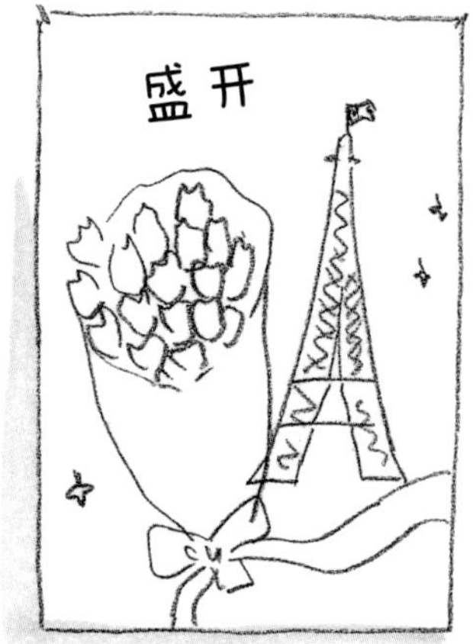

菜乃还想问问乔可可，自己到底会什么魔法。这时，妈妈从店里出来了。

“菜乃，帮我搬一下这个吧。”

妈妈双手抱着插满花的花篮，走了过来。

在花店，这样的花篮叫作插花花篮，一般用于生日或庆祝活动。

“店里还有很多呢。”

菜乃走进店里，发现里面摆满了这样的花篮。

原来，妈妈一大早就忙着制作这些花篮啊。

“有多少个？”菜乃一边帮忙搬花篮，一边问妈妈。

“有四十五个呢。”

“要送到哪里去？”

妈妈笑着问："菜乃，你要和我一起去吗？"

"要！"

菜乃准备和妈妈一起去送花。

"哎呀，时间有点儿晚了。"

把所有的花篮装上车后，妈妈看了看时间。

“出发！”菜乃上车后，车开动了。

车子驶上大桥，穿过一条大河，沿着河岸向大海的方向开去。

透过微微打开的车窗，大海的气息扑面而来。

马上就到海边了。夏天，这里会举办烟花大会。

“喏，我们要去那里。”

“那里”指的是波涛大厦。

波涛大厦是一座综合大楼，里面有健身中心、图书馆，还有活动中心。

妈妈把车停在大厦后面。卷帘门开着。

这里是送货的地方，非常宽敞，连大卡车都能轻松卸货。

“这儿好大呀！”

“是呀，就连钢琴也是从这里运进去的。”

花田花店

接待室

“咦？钢琴……”

菜乃心里咯噔一下。

难道……

菜乃从四岁开始学钢琴。但是，上小学那年，她放弃了。

那时，她的左手总是弹不好。所以，她再也不想弹钢琴了。

下车后，妈妈用手机联系客户。

很快，一位穿着黑色套装的阿姨走了出来。

菜乃猜对了。

“今天这里有钢琴演奏会。”妈妈对菜乃说。

其实，不用妈妈说，菜乃也认出了穿黑色套装的阿姨是她以前的钢琴老师。

“菜乃，好久不见。你来帮妈妈的忙，真棒啊！”

菜乃不知道说什么好。

妈妈替菜乃向钢琴老师道歉：“实在抱歉，她钢琴没学多久就放弃了。不过，她现在正在很努力地学游泳呢。”

听到妈妈说“抱歉”，菜乃也小声说了一句“抱歉”。

“菜乃，你不用道歉啊。当时我们不是说过了吗，结束一件事，正好是开始另一件事的机会。我们一起搬花吧。”

钢琴老师一点儿也没变，
和当年教菜乃弹钢琴时一样，
说话还是那么干脆、利落。

菜乃一边搬花，一边对口袋中的乔可可说：“好奇怪啊。”

“什么？”

“以前学钢琴的时候，我总觉得钢琴老师说话很可怕，我一点儿也不喜欢。今天却没有那种感觉。”

“哦……”乔可可想了想，说，“可能是时机不对。”

“什么时机？”

“对你来说，那时可能并不是学钢琴的好时机。”

菜乃很疑惑。

“打个比方，菜粉蝶只有在合适的时间遇到卷心菜，才能在上面产卵。这非常重要。”

她们来到了大厅，只见舞台中央放着一架三角钢琴。

菜乃抬头一看，舞台上挂着“北冈音乐教室·钢琴演奏会”的横幅。

钢琴演奏会下午开始，所以参加演出的学生们还没来。

几个男人正在调试麦克风，做演出前的准备。

“请用花篮把舞台围起来吧。演奏者就像在花田中弹钢琴一样，对，就要这种感觉。”

钢琴老师在观众席看着舞台。演奏会结束后，观众们可以把鲜花带走。

妈妈准备把一盆花放在钢琴上面。

“别放在那儿。这里的主角是弹钢琴的孩子们。”

钢琴老师的口气有些生硬。

菜乃看了看妈妈。妈妈似乎并不介意钢琴老师的态度。

“是啊，放在这里的确不太好。”妈妈抱着花，一边走下舞台，一边琢磨着该把花放在哪里。

布置完鲜花后，菜乃和妈妈回到了车上。

当然，乔可可也和她们在一起。

和钢琴老师挥手告别后，妈妈发动了车子。

菜乃立刻说道：“刚才，钢琴老师对妈妈说，‘这里的主角是弹钢琴的孩子们’，也太过分了。”

菜乃仍然有些生气。

“妈妈也有点儿生气吧？”菜乃冲妈妈笑了笑。

乔可可在口袋里点了点头：“肯定会的！”

可是，妈妈并没有那么生气。“钢琴老师的话也有道理。毕竟今天要举行钢琴演奏会啊。”

“那什么时候花才能成为主角呢？”

“唔，花可能永远不能成为主角……”

“怎么会……”

“每回送花的时候，我都在想，收到花的人可能觉得没有鲜花也无所谓，但我希望人们有了鲜花以后会更开心。”妈妈紧握着方向盘说，“比如，开心的时候，别人的一句‘真是太好了’，会让你的快乐加倍。伤心的时候，别人的一句‘没事吧’，会让你的悲伤减半。我想，送花也是这样。”

听了妈妈的话，茉乃想起了佳奈。

她对妈妈说："我想去佳奈家。"

妈妈很吃惊。

"我想和佳奈好好说句话。"

"好啊。"妈妈立刻打亮转向灯，掉转车头，朝佳奈家开去。

菜乃在车里认真地思考着。

她们来到了佳奈家门前。

只见大门敞开着。很多人进进出出。大家的鞋子一直摆到了门外。

佳奈的妈妈就站在门口。看到菜乃，她很吃惊。

“菜乃，你怎么来了？”

“我有句话忘了对佳奈说。”

“哦，我马上去叫她。”

佳奈很快出来了。她看上去比刚才精神多了。

菜乃一把握住佳奈的手。

“我等你去游泳！”

“嗯。”

“你一定要来啊。”

“嗯。”佳奈微微一笑。

“那我走了。”菜乃挥了挥手。

佳奈也挥挥手。

回到车上，乔可可在菜乃的口袋中小声说：“没有也可以，但有了会更开心……”

“怎么了？”菜乃悄悄地问乔可可。

“回去以后，我要把今天的经历写成作文。”

“你要怎么写？”

“在人类世界，‘没有也可以，但有了会更开心’的事情很多。这些事情会给大家带来快乐。好啦，忙到现在，我也该回去了。菜乃，回去后别忘了请爸爸或妈妈在卡片上签字呀。”

乔可可在口袋里也快待腻了。

回到花店后，菜乃连忙请爸爸在卡片上签字。

乔可可接过卡片，对菜乃说：“菜乃，你看，你不是也会厉害的魔法吗？”

乔可可的眼睛闪闪发亮。

“咦？什么魔法？”

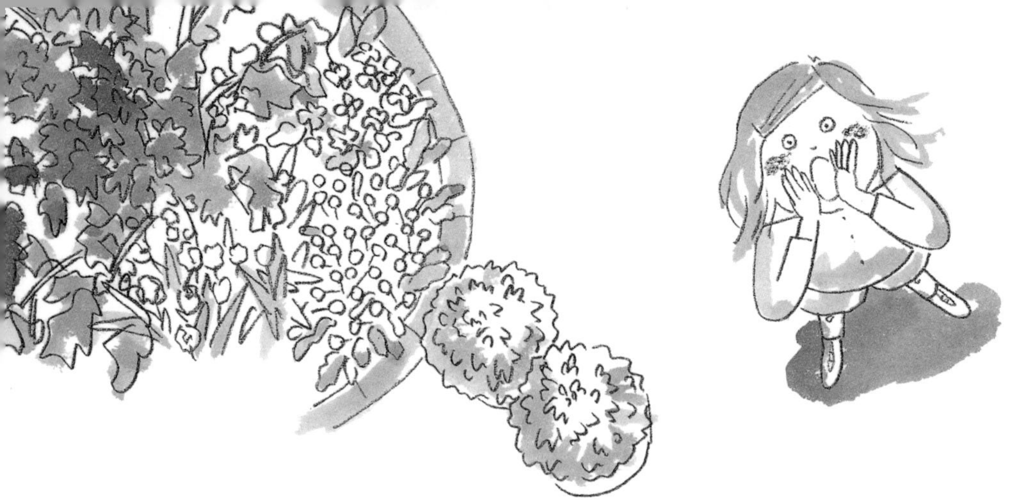

“佳奈本来很悲伤。可是，听了你的话，她不是笑了吗？这我可做不到。你用了什么魔法呢？下次教给我吧。”

说着，乔可可在空中越飞越高。渐渐地，它的身影消失在飘飘悠悠的云里。

菜乃呆呆地望着天空，心想：这是什么魔法呢……对！是“没有也可以，但有了会更开心”的魔法。啊，这个名字太长了。嗯，就叫“一定会更好魔法”。

这个名字好！

菜乃感觉自己正在用这个魔法呢。

她对着天空喊道："欢迎再来玩儿，乔可可。一定要来呀！"

花店里传来了妈妈的声音："欢迎光临！今天您需要什么花？"

周末的花店，又开始忙碌起来。

鲜花配送

开花店小贴士

附录

长大后我要开花店!

不论在哪个国家，小学女生长大后想做的工作中，排在前十名的肯定有开花店这一项。

其实，开花店非常辛苦。每天早上都要早早起来去市场进货，还要像菜乃的爸爸一样，开车去送货。花店关门后，还要打扫卫生。几乎要从早忙到晚。

在开花店的人中，越来越多的人获得了花艺师资格证书。努力学习如何装饰美丽的鲜花，并通过考核，就可以获得相关的资格证书。

鲜花该怎么送?

智力问答开始了!

母亲节时，要送什么鲜花?

答案是：康乃馨。

在一百多年前的美国，有位女士在母亲的追悼会上用了白色的康乃馨。从此，美国有了这样的习俗，将每年五月的第二个星期日定为母亲节。

接下来是第二个问题：六月的第三个星期日，父亲节这天要送什么花？

答案是：各种各样的花。

玫瑰代表尊敬，百合代表气派，向日葵代表太阳的光芒。父亲节可以送各种有美好寓意的花。

过生日送什么花呢？当然是送过生日的人喜欢的花。去问问你的爸爸妈妈、兄弟姐妹喜欢什么花吧。问问他们喜欢这些花的理由，说不定你会有意外的发现呢。

想了解花语，看这里！

菜乃和乔可可说到了油菜花和牵牛花的花语。你了解花语吗？

从古时候起，就有很多关于花的传说。在希腊神话中，有很多关于银莲花、郁金香、番红花等各种花的传说。

大约两百年前，一种特殊的手写书在法国贵族中非常流行。在这种书里，人们赋予花草各种意义，把恋人比作美丽的花朵，还告诉人们如果恋情无果应该怎么办。这种书被当时的人们视为恋爱教科书。这就是花语的起源。因此，花语充满了浪漫气息。

代表每个月的鲜花和花语

前面的故事中，提到了油菜花和牵牛花的花语。下面来介绍一下代表每个月的鲜花和花语。

1月	紫花地丁	诚实
2月	梅花	坚强
3月	桃花	爱情到来
4月	樱花	幸福
5月	满天星	守望爱情
6月	绣球花	希望

7月	美人蕉	美好的未来
8月	向日葵	爱慕
9月	大波斯菊	纯洁
10月	大丽菊	热情奔放
11月	山茶花	理想的爱
12月	兰花	淡泊

[日]村上诗子

生于日本三重县，曾获日本儿童文学协会新人奖、野间儿童文艺奖等。代表作有《跟奶奶一起腌梅干》《冰箱放暑假》等。

[日]壁谷芙蓉

生于日本爱知县，插画师。曾获博洛尼亚国际童书展插画奖。代表作有《蚯蚓》《去海边》等。

图书在版编目（CIP）数据

我家的花店有精灵 /（日）村上诗子著 ;（日）壁谷芙蓉绘 ; 田秀娟译. -- 北京 : 海豚出版社, 2024.3

（有趣的工作）

ISBN 978-7-5110-6668-8

Ⅰ. ①我… Ⅱ. ①村… ②壁… ③田… Ⅲ. ①儿童故事－图画故事－日本－现代 Ⅳ. ①I313.85

中国国家版本馆CIP数据核字(2023)第207097号

著作权登记图字：01-2022-6021

我家的花店有精灵

[日] 村上诗子 著

[日] 壁谷芙蓉 绘

田秀娟 译

出 版 人 王　磊

责任编辑 张国良　白　云

特约编辑 董碧沙

美术编辑 王小喆

内文制作 张　典

责任印制 于浩杰　蔡　丽

法律顾问 中咨律师事务所 殷斌律师

出　　版 海豚出版社

地　　址 北京市西城区百万庄大街24号　邮编 100037

电　　话 (010)68996147（总编室）

发　　行 新经典发行有限公司

电话 (010)68423599　邮箱 editor@readinglife.co

印　　刷 北京奇良海德印刷股份有限公司

开　　本 889mm × 1270mm　1/32

印　　张 25

字　　数 300千

印　　数 5000

版　　次 2024年3月第1版

印　　次 2024年3月第1次印刷

书　　号 ISBN 978-7-5110-6668-8

定　　价 208.00元（全十册）

有趣的工作

欢迎光临野原餐厅

[日]马原三桃 著
[日]木村衣子 绘
田秀娟 译

海豚出版社
DOLPHIN BOOKS
CICG 中国国际传播集团

58元

彩夏气冲冲地走在回家的路上。

“那家伙真讨厌！”

她气鼓鼓的，一脚踢开了路边的一颗小石子。

“嘭！”

小石子朝着人行道一侧的小黑板飞过去。

“啊，糟了！”

彩夏连忙跑过去。那面小黑板竖立在一家餐厅门外，上面用白色粉笔写着午餐菜单。

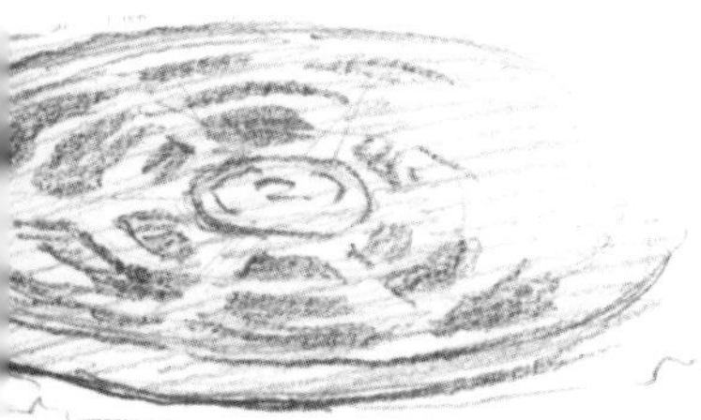

这家餐厅很时尚，像是那种会建在外国山丘上的建筑：白色的墙壁上错落有致地贴着瓷砖，红色的屋顶是三角形的，窗户上面是绿色的窗檐，宽大的玻璃门上有一块写着“野原餐厅”的牌子。

小石子正好砸在菜单的菜名上。“酱烧汉堡排”的“排”字看上去有点儿模糊。

彩夏用手指轻轻触摸被小石子砸中的字。虽然“排”字的“扌”有点儿模糊，但黑板上没留下凹痕。

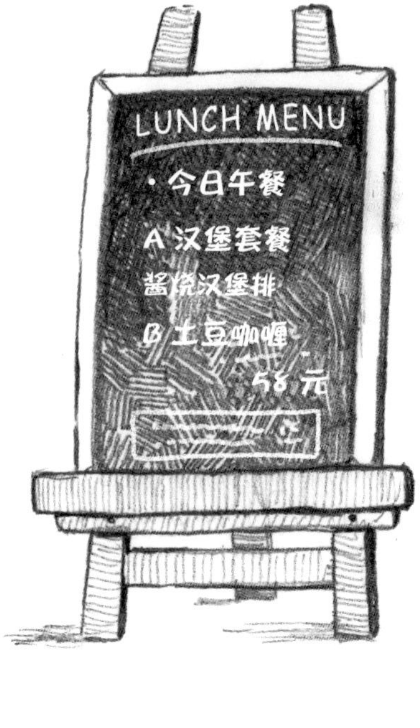

“太好了！”

彩夏松了一口气。透过玻璃窗向店里望去，刚过吃午饭的时间，一个客人也没有。

她抱着小黑板，推开了店门。

叮咚！

门上的铃铛发出清脆的响声。

“欢迎光临野原餐厅——”

妈妈一边说一边从里面走出来，看到是彩夏，又说：“彩夏，你回来啦。”

NU

野原餐厅是彩夏家开的西餐厅。餐厅虽然不大，只有一排能坐六个人的吧台和三张四人座的餐桌，但这里的食材新鲜，食物都经过精心烹制，很受顾客欢迎。好多客人都特意从很远的地方过来吃饭。

彩夏的爸爸是厨师，妈妈是服务员。学校放假的时候，彩夏也会在餐厅帮忙。

围着围裙的妈妈看到彩夏手里的小黑板，笑眯眯地说:“你把黑板拿进来了？今天这么勤快啊。”

“唔，不是得重新写晚餐菜单嘛。”彩夏回避着妈妈的目光。

妈妈立刻从收银台的抽屉里拿出白色粉笔。

“嗯，今天的晚餐推荐菜是炖——炖——炖牛舌。”

妈妈开心地哼着歌，开始在小黑板上写新菜单。

彩夏原本担心妈妈发现小黑板上有被石子砸过的痕迹，这下总算放心了。

可是，妈妈接下来的话差点儿让她喘不过气来。

“对了，彩夏，今天的击球比赛（两组互相投球，以多击中对方者为胜）怎么样？”

“唔……”

好不容易才忘掉的烦恼又堵在彩夏胸口，让她一时说不出话来。那张令人讨厌的脸又浮现在她眼前，泪水在她眼里打转。

“呜……”

回家前，彩夏一直忍着心中的烦闷。见了妈妈，她再也忍不住了。

“怎么了？”

妈妈发现彩夏的表情有些异样，就停下手里的活儿，抬起头来问。

彩夏没说话，快步朝自己的房间跑去。如果待在妈妈身边，她肯定会哭出来。

要想回房间，必须先经过厨房。爸爸正在厨房里准备晚餐。

咚咚咚！咚咚咚！

“彩夏，你回来啦。”正在切胡萝卜块的爸爸抬起头来说。

爸爸切菜的动作，就像演奏乐器一样有节奏感。

平时，彩夏特别喜欢看爸爸做饭。但是今天——

“嗯。”彩夏勉强答应了一声。

她跑上楼梯，冲进自己的房间，扑倒在床上。

“都怪你！我们才会输！”

她的耳边又响起翔太的声音。

这声音非常刺耳，就像一根刺扎在她的心口上。

今天是四年级学生击球比赛的男女混合淘汰赛。全班同学分为两队。彩夏所在的队是大家期待的冠军队，除了彩夏，其他队员个个都是高手。

“野原彩夏，你只要躲球就行。”在比赛前的作战会议上，翔太对彩夏说。

彩夏很不高兴，大家竟然把她当作包袱。不过，她的击球水平确实不怎么样。唉，真是没办法。她既不喜欢出手扔球，也不想被球砸中，所以只能负责躲球。

“只要你好好躲球，咱们就能赢。”

彩夏默默地点点头。她对自己的腿上功夫还是有自信的。

比赛很顺利，彩夏所在的队成功晋级。

彩夏一次都没有碰到球。比赛从开始到现在，她一直在拼命躲球。

可是——

决赛时，彩夏成为他们队最后一个留在球场上的选手。

对手的队伍也只剩下一个女孩。那个女孩稳稳地接住了从场外传来的球。

“快躲！”

场外传来翔太的声音。

“嗯。”

彩夏答应着，却不小心伸出了手。她自己都不知道这是怎么回事。“啊！”她在心里大叫一声，想赶紧把手缩回来，可是已经来不及了。球弹过她的右手指尖，落到了地上。

裁判吹响了哨子。

翔太生气极了。在回去的路上，他一直发牢骚：“都怪野原彩夏！”

现在，彩夏耳边又响起翔太刺耳的声音，眼前浮现出他皱着眉头、瞪着自己的样子。

“翔太真讨厌！”

彩夏把脸埋进枕头里，大喊道。

这天，晚餐十分丰盛。有香蒜煎鸡肉、土豆沙拉、法式清汤，都是彩夏爱吃的。香蒜煎鸡肉的配菜，是用黄油和砂糖煮得又软又甜的胡萝卜，还有盐焗四季豆。

胡萝卜切成均匀的小块，配上碧绿的四季豆，好看极了。彩夏本来没胃口，看到这样香喷喷的饭菜后，肚子不禁咕咕地叫了起来。

她迫不及待地拿起汤匙，舀了一勺琥珀色的法式清汤，喝了一口。

“真香！”

法式清汤不咸不淡，尝一口，满嘴都是香甜的味道。

爸爸精心炒过的洋葱的香味弥漫在唇齿间。

想到爸爸用大铜锅专心炒洋葱的样子，彩夏的心情平复了很多。

妈妈说："下次的外卖订餐，就用今晚的菜单吧。"

"太好啦！"彩夏大声说。

野原餐厅每个月会有两次开着餐车出去送餐。他们从附近的综合医院接到订单，然后为医院的病人送热腾腾的西餐。彩夏的爸爸曾经受伤住过院，所以有了这个想法。

虽然医院的饭菜经过严格的营养搭配，但从送餐中心送到病房时已经凉了，口感不太好。所以彩夏的爸爸出院后，有了送外卖的想法。他希望医院的病人们能经常吃到热腾腾的美味饭菜。

给医院送的饭菜，必须注意热量和营养均衡，还要根据病人的病情调整食材的种类和数量，同时要避免可能引发过敏的食物。除了考虑这些因素，饭菜还要做得好吃。医院的病人们都很期待野原餐厅的饭菜。

彩夏仔细地品尝餐桌上的每道菜，给爸爸妈妈竖起了大拇指：“煎鸡肉不是很咸，蒜香浓郁扑鼻。土豆沙拉里放了牛油果，味道柔和可口。”

想到病人们吃饭时开心的表情，彩夏不由得笑了。

“期待你们下次再来！”

彩夏的耳边仿佛响起了这样的声音。这是上次去医院送外卖时，病人们对他们说过的话。

想到这些，她越吃越香，越吃越起劲儿。她把胡萝卜都吃光了。

爸爸炖的胡萝卜像甜点一样可口，香浓的黄油味弥漫在嘴里，击球比赛带来的疲惫和不快顿时烟消云散。那张令人生气的脸，也从彩夏的脑海中消失了。此刻，她的心情好极了，简直想翩翩起舞。

“啊，真好吃！我吃饱了！”

彩夏把饭菜吃得干干净净。现在，她肚子饱饱的，心情也很愉快。

星期六到了。一大早，野原餐厅的厨房就热闹起来。因为要一次做很多饭菜，所以爸爸妈妈都忙得团团转。

彩夏往厨房里探头一看，爸爸正在煎鸡肉。

只见五口平底锅同时开火，爸爸熟练地来回翻炒五口锅里的鸡肉。

鸡肉在平底锅中翻腾跳跃，好像在跳舞。很快，鸡肉上有了好看的煎痕。爸爸仔细确认鸡肉有没有煎好。他的表情认真极了，好像连眉毛都在使劲儿。

两面都煎好的鸡肉被放在一个大烤炉中继续烘烤，直到烤得肉质和口感到达最佳状态。

烤鸡肉的同时，爸爸开始做土豆泥。他将大锅中煮熟的土豆盛到一个大盆里，然后用压泥器把土豆迅速压碎。

爸爸使劲一压，土豆泥就会从压泥器的孔中源源不断地冒出来。热气腾腾的土豆泥看上去好吃极了。

“味道要清淡一些。”

爸爸在土豆泥中小心翼翼地加入盐和胡椒。此刻，他的表情变得很柔和。

对面的炉子前，妈妈正在搅拌直筒锅里的汤。法式清汤的香味扑面而来，彩夏忍不住轻轻地吸了吸鼻子。

饭菜做好后，大家一起把饭菜搬到餐车上。这是一辆客货两用车改造的餐车，里面有微波炉和燃气炉，随时可以提供热乎乎的食物。

除了主菜，装着草莓果冻的冷餐盒也准备好了，那是饭后甜点。面包店刚送来的面包和装着米饭的保温桶也被搬到了车上。顾客可以根据自己的口味选择主食。

“出发！”

爸爸发动了车子，彩夏精神抖擞地做了个出发的手势。坐在副驾驶座的妈妈回过头，笑着说：“彩夏，你心情不错嘛。”

“那是，就要见到真太郎了嘛。”爸爸接了一句。从车子的后视镜中，可以看到他含笑的眼睛。

“才不是呢。”彩夏连忙摇头，提高音量说道。

真太郎是在综合医院住院的一名中学生。彩夏见过他两次。第一次只是偶然遇见。第二次见面的时候，因为一个小插曲，两个人说了话。

当时，彩夏正在收拾用过的餐具。她只顾着看托盘，没留神脚下，不小心被病人的轮椅绊了一下，打了个趔趄，眼看餐具就要掉到地上。

“小心！”有人迅速伸出手，接住了托盘。他就是真太郎。

“谢谢你。”彩夏说。

没想到，真太郎也向彩夏道谢："哪里哪里。应该道谢的是我。你们的饭菜总是这么好吃。"说着，他微微一笑，露出洁白的牙齿。

真太郎不仅帮彩夏接住了托盘，还帮她收拾了餐具。

他的眼睛细长、明亮，皮肤有点儿黑，个子很高。

虽然他留着光头，让人觉得有些可惜，但他那洁白的牙齿给彩夏留下了深刻的印象。

那天，彩夏的妈妈刨根问底，和真太郎聊了很久。原来，他是初中二年级的学生，是学校棒球队的四号投球手。他这次住院，是为了治疗打棒球而受伤的胳膊肘。

真太郎一直帮彩夏和妈妈收拾到最后。他说：“复健虽然很辛苦，但能吃到美味的饭菜，我就又有力气了。期待你们下次再来。”

说完，他向她们行了个礼，走出餐厅。

但愿他喜欢今天的饭菜。

彩夏回想着上次的事，不由得嘴角上扬。

糟糕！

她连忙向后视镜看去。

幸好妈妈已经转回了身，后视镜中也只能看到爸爸的眉毛了。她终于松了一口气。

很快，野原餐厅的餐车来到了医院。爸爸把车停在停车场后，开始加工饭菜。平底锅里不放油，鸡肉表面还要煎一下。法式清汤也要热一下。一切已经准备妥当，所有的饭菜都热气腾腾的，和店里刚出锅的饭菜一模一样。

“好啦。”

听到爸爸的喊声，彩夏抱着装满水的水壶走进医院的餐厅。他们刚把热腾腾的饭菜端进去，病人、来探视病人的人，还有医院的工作人员就都来了。在野原餐厅来送外卖的这一天，大家开心地聚在一起吃饭。

医院的餐厅宽敞明亮，一共有三排白色餐桌，每排有四张桌，都是六人座的。几乎每张桌子旁都坐满了人。

这里有年轻人，也有老年人。有腿上打着石膏的大哥哥，有坐在轮椅上的小孩子，有鼻子上插着氧气管的老爷爷，也有大肚子的孕妇和刚生完宝宝的产妇。这家医院里住着很多病人。

“野原餐厅开张了！”

和往常一样，爸爸大声吆喝着，把直筒锅抱了出来。

“哇！”餐厅里响起一片欢呼声。

“今天的主菜是香蒜煎鸡肉。”妈妈大声说。

站在妈妈身旁的彩夏迅速环视了一圈餐厅。她歪歪头，没看到真太郎。

难道他还没下来？

彩夏忍不住四下张望。

这时，病人们的说话声纷纷传来。

“彩夏，帮我倒点儿水吧。”

每次来医院送外卖，彩夏都会来帮忙，大家和她已经很熟了。

“好的！来了！”

彩夏用响亮的声音答应着。她拿着水壶来到一张桌子旁，给一位坐在轮椅上的老爷爷倒了水。

“谢谢。今天吃鸡肉啊。”老爷爷笑眯眯地说。

“是呀。今天我们特意准备了鸡丁套餐，您可以放心吃。”

“哎呀，太好啦。”听了彩夏的话，老爷爷笑了。虽然他的牙快掉光了，但他还是张开嘴，笑得特别开心。

“还有法式清汤和土豆泥。土豆泥里放了牛油果哦。”

“牛油果？”

“是一种味道清淡的热带水果，被称为‘森林中的奶油’。这种水果绿油油的，很漂亮。它的果肉软软的，很好吃。”

“哦？有意思。”老爷爷一副满怀期待的样子。

坐在邻桌的一位穿白大褂的医生伯伯笑嘻嘻地对彩夏说：“大家都盼着野原餐厅来送外卖呢。”

听了医生伯伯的话，旁边一位大婶接话了：“本来嘛，住院的时候就想吃点儿好吃的。医院餐厅的饭菜可不怎么好吃。”说着，她调皮地吐了吐舌头。

医生伯伯故作严肃地说："怎么能这么说呢。医院的饭菜可是充分考虑了病人的需求，经过营养师严格的营养配餐管理的，虽说味道确实不如野原餐厅的可口。"

他笑了笑，接着对大婶说："你很快就要做手术了，今天可得好好吃一顿。你想吃什么？我去帮你拿。"他拍拍大婶的肩膀，站了起来。

"您要做手术吗？"彩夏问那位大婶。

那位大婶点了点头，说："是啊，后天做手术。从明天开始，我什么都不能吃了。我就盼着今天吃点儿好吃的。"

医生伯伯向前面的桌子走去。取餐的人们已经在桌前排起了长队。

活动不便的病人，由医院的工作人员帮他们取餐。能走动的病人，就自己排队取餐。

彩夏假装若无其事地朝排起的长队那边张望，心想：真太郎应该也在取餐的队伍中吧。

可是，她从队首看到队尾，也没看到真太郎的身影。

“让您久等了，这是您点的餐。”

就在这时，一位医院的工作人员端着餐盘，来到彩夏附近的桌子旁。

这是一位阿姨。

“那个……”彩夏犹豫了一下，鼓起勇气问这位阿姨，“今天怎么没看到那位棒球队的中学生？”

看着说话吞吞吐吐的彩夏，这位阿姨歪着头，不解地大声问：“啊？棒球队的中学生？”

“啊！小点儿声。”彩夏慌忙扭头看看爸爸妈妈。幸好他们都在忙着分发饭菜，丝毫没有注意这边。

“哦，没什么，没什么。上次我们来的时候，他说还想吃我们家的饭菜。所以我就随口问问。”

彩夏使劲儿摆摆手。她只想快点儿结束对话，马上离开这儿。

可是，这位阿姨突然又想起来了：“啊，你是说真太郎吧？”

她的声音更大了。

“啊……嗯……”彩夏急得满脸通红。

这位阿姨接下来的话让彩夏愣住了。

“真太郎前天就出院了。”她清清楚楚地说。

“啊？”

啪！彩夏仿佛听到了肥皂泡破裂的声音。就在她眼前，一个七彩肥皂泡破灭了。

出院了？前天？

她觉得眼前一片苍白，呆立在原地。

“咦？这不是野原彩夏吗？”突然，她听到有人在叫自己。她回过神来，转身看过去。

噗！

这次的声音和刚才的完全不一样，像是从进了空气的容器中挤出最后一点儿蛋黄酱的声音。

“你怎么在这里？”

是翔太。他竟然端着餐盘站在那里。

“我来看我妹妹。”

翔太向那边努努嘴。只见那边坐着一个像是上小学一年级的小女孩。她扎着小辫子，穿着有草莓图案的睡衣。旁边的人好像是她妈妈。看到翔太在和彩夏说话，那位妈妈冲彩夏微微一笑。彩夏连忙鞠躬。

“咦？你怎么会在这里？”

“我来给家人帮忙。”

彩夏看着一脸疑惑的翔太，举了举手中的水壶。

翔太不解地歪着头，很快恍然大悟。

“啊，原来野原餐厅是你家开的呀，哈哈哈。”翔太高兴地说。

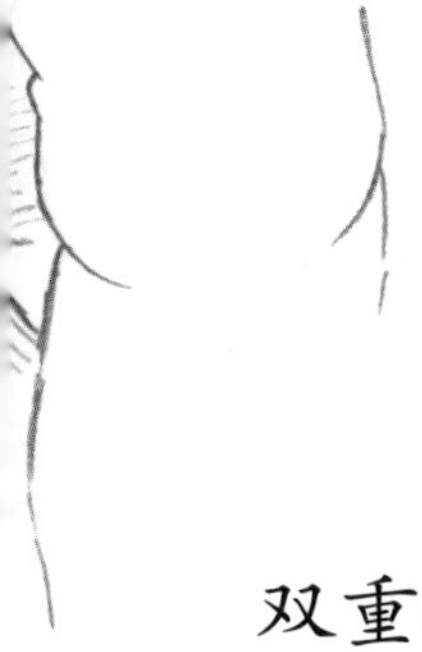

看着眼前的翔太，彩夏觉得受到了双重打击。

真太郎走了，翔太却来了！

这简直就是一场噩梦！

她握着水壶的手快支撑不住了，她连忙往小女孩的杯中倒水。

“小南，说谢谢了吗？”翔太一副哥哥管教妹妹的语气。接着，他把餐盘放到桌上，一脸神气地对妹妹说：“这是给你拿的。”

“谢谢姐姐，谢谢哥哥。”小女孩轻声说。她脸色有些苍白，看到热气腾腾的饭菜，咧嘴笑了。

“不客气。”彩夏定了定神，往翔太的杯子里也倒了水。

给大家的杯子里都倒上水后，彩夏从翔太的桌子前面走过。

翔太和妈妈、妹妹吃得正香。小南笑眯眯的，很开心。看到小南的笑脸，彩夏也觉得很开心。她在小南面前停下，问：“饭菜好吃吗？”

“嗯，特别好吃！”小南说。她的声音像银铃一样清脆。

“真是太好了。直到昨天，她都没怎么好好吃饭。”翔太的妈妈笑眯眯地说。

“小南的哮喘发作了。”翔太说道。

“每次哮喘发作的时候，她什么都吃不下。今天她吃得这么香，真是太好了。”翔太的妈妈看上去松了一口气。

翔太接过妈妈的话，对小南说：“你多吃点儿！”

他还是那么爱逞威风！

彩夏正准备离开翔太他们的餐桌时，爸爸妈妈从对面走过来了。

“彩夏，这是你的朋友吗？一起吃吧。”

“啊？不用了。”

彩夏连忙摇头。可是，爸爸妈妈打算来这边坐。只见爸爸端着两个餐盘，妈妈端着一个餐盘走了过来。

“啊，太好了！”一个可爱的声音传来，是小南。她用充满期待的眼神看着彩夏。谁能拒绝这么可爱的小女孩呢？彩夏心想，好吧，就在这里吃吧。

“听说你和翔太是好朋友。谢谢你照顾他。”

“没有啦，没有啦。”

听到翔太的妈妈向自己道谢，彩夏只好模棱两可地回应着。

谁和他是好朋友！

她忍着没把心里话说出来，连忙把餐盘挪到离翔太最远的位置，坐了下来。

“吃饭啦！”小南开心地说。

“和大家边吃边聊，多开心啊。”彩夏的妈妈很高兴。

彩夏默默地吃饭。她和翔太无话可说。

她咬了一口搭配煎鸡肉吃的胡萝卜，觉得和平时在家里吃的味道不一样。

“是不是味道有些淡？”

听爸爸这么一问，彩夏点了点头。

在家里吃的胡萝卜甜甜的，有一股浓浓的黄油香味。而现在吃到的胡萝卜非常清爽。因为味道淡，所以更容易尝到胡萝卜本身浓郁的香味。

“医院里有很多病人不能吃黄油和糖。因此，虽然胡萝卜在汤中煮了很久，但你们可能还是会觉得味道有些淡。”

“没有啊，好吃极了。”

听了彩夏的爸爸的话，翔太鼓着腮帮子说。

“土豆泥没有加蛋黄酱，用的是腌梅汁。孩子们可能会觉得有点儿酸。”

彩夏的爸爸有点儿担心。其实，清爽的腌梅汁和香味浓郁的牛油果搭配得很好，而且颜色也好看。

“没有呀，很好吃。颜色也漂亮。”

“嗯，太好吃了！”

翔太还在大口大口地嚼着。

他吃什么都狼吞虎咽的，还能尝出味道、注意到颜色搭配吗？

彩夏心里嘀咕着。这时，她听到了妈妈和翔太妈妈的谈话。

“这次小南病得比较严重，把我吓坏了。她住院的时间也比预想的要长。”

“唉，您可真辛苦啊。”

“我一直在医院待着。翔太自己在家也觉得很孤单。”

彩夏偷偷瞟了一眼那边。翔太只顾着低头吃饭。

“真好吃！真好吃！”翔太边吃边说。

“孩子吃得那么开心，太好啦！平时我总待在厨房，很少能看到客人。”爸爸看上去一脸满足的样子。

彩夏耸了耸肩。啊，要是坐在这里的人是真太郎该多好！

彩夏不禁开始幻想，要是真太郎在这儿，他的吃相肯定很文雅，和他聊天肯定很开心。

“彩夏，你肯定很会做饭吧？”

“没有啦，算不上拿手。我只是经常帮忙。”

“你真棒！”

“你看，这个胡萝卜被削成了圆形吧？这叫刮圆。这样胡萝卜就不容易煮碎，而且表面积变大了，更容易入味。”

“哦，原来如此。”

彩夏沉浸在想象中。突然，一个声音打断了她的思绪。

“小南！”

是翔太。

他的声音凶巴巴的。彩夏忍不住皱了皱眉。

不过，听到翔太接下来说的话，她的眉头又舒展开了。

"你想吃哥哥的果冻吗？"

说着，翔太把盛果冻的点心盘递给小南。

虽然他的语气有些凶，但表情很温柔。和击球比赛输了那天令人讨厌的脸完全不一样。

"我可以吃吗？"小南开心地问。

翔太挺着胸脯说："当然可以，你随便吃。"

"谢谢哥哥。"

啊？

彩夏目不转睛地盯着翔太的脸。原来，他也有温柔的时候啊。

这时，两人的视线碰到了一起。

看到翔太注意到了自己，彩夏连忙移开自己的视线。

翔太小声说了一句：“上次的事，真对不起。”

“嗯？”

彩夏眨了一下眼睛，她以为自己听错了。

其实她没有听错。翔太语速飞快地说道：“就是击球比赛那件事。当时本来以为我们会赢，所以我太着急了。”

说完，翔太生气似的扭过头去。

什么嘛。

彩夏喝了一口法式清汤，汤的味道和平时一样。喝完后，她的心情立刻平静下来。

她瞄了翔太一眼。看他的侧脸，他好像没有生气，还摆出一副撒娇的样子，在和他妈妈说话呢。

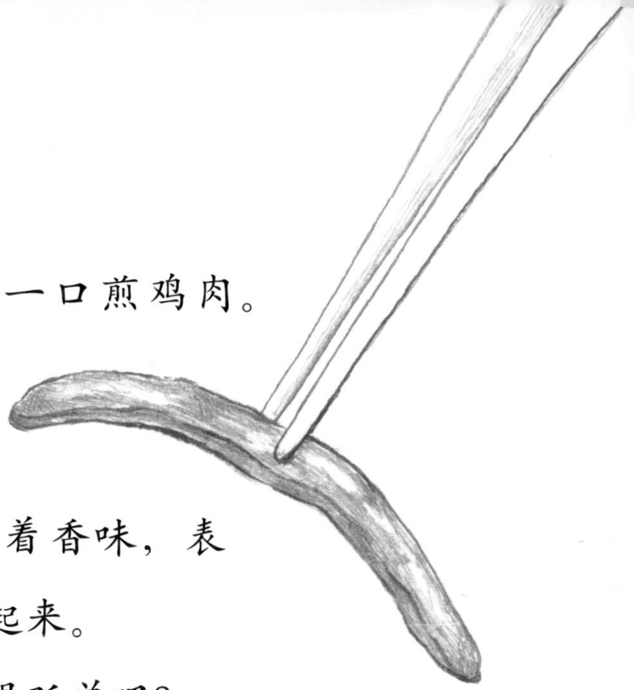

彩夏吃了一口煎鸡肉。鸡肉煎烤得恰到好处，她的嘴里弥漫着香味，表情也变得柔和起来。

也许翔太很孤单吧？

因为妈妈忙着照顾住院的妹妹，所以孤单的翔太才那么烦躁吧。可是，这和自己有什么关系啊。不，不能就这样原谅他。

彩夏吃了一口盐焗四季豆，觉得味道很清爽，好吃极了。她嚼四季豆时发出的“沙沙”声，就像一阵美妙的音乐。

她记得爸爸住院的时候，自己也很孤单。

当时，妈妈在医院照顾爸爸，奶奶照顾彩夏。那时的自己每天哭个不停，让奶奶很头疼。

彩夏吃了一口加了牛油果的土豆泥。腌梅汁酸酸甜甜的，一股清香扑鼻而来。

还是原谅翔太吧。

彩夏笑了。

“没关系。我知道你当时太着急了。”她说。

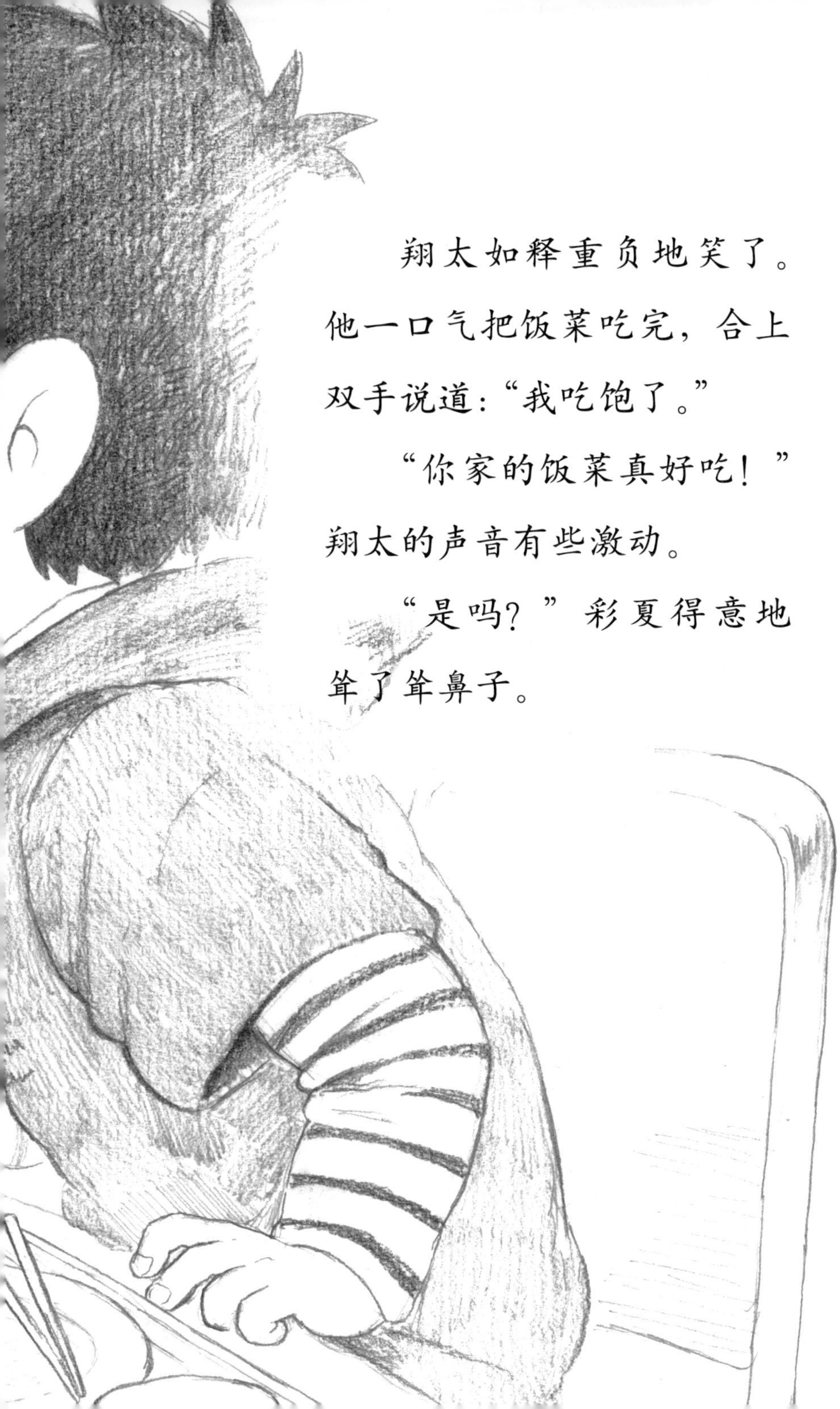

翔太如释重负地笑了。他一口气把饭菜吃完，合上双手说道：“我吃饱了。”

“你家的饭菜真好吃！”翔太的声音有些激动。

“是吗？”彩夏得意地耸了耸鼻子。

“好想去姐姐家的餐厅啊。”小南说。

“好，就这么定了。”

“好呀。你要早点儿出院哦。”

看到翔太他们这么开心，彩夏的爸爸抬起强壮的胳膊，轻轻敲着胸口说：“好啊！叔叔我也要加油！”

今天，他看上去干劲儿十足呢。

“等你们来哦。是吧，彩夏？”

听到妈妈的话，彩夏用力点点头说：“嗯！野原餐厅欢迎您！”

说完她咧嘴笑了，又吃了一口香喷喷的煎鸡肉。这是她吃过的最好吃的鸡肉！

厨师小贴士

附录

厨师是什么样的工作？

有人说，厨师就是在饭店里做菜的人。没错，“cook”这个词就来自荷兰语“kok”（做菜的人）。说到饭店，也许你会想到像野原餐厅这样做酱烧汉堡排的西餐厅。其实，日本菜、中国菜、印度菜……在不同地域风味的饭店里，都有厨师工作的身影。在学校、公司和医院的食堂里，也有厨师在工作。本书中，彩夏的爸爸把饭菜送到医院，用美味的食物给人们带来快乐，是厨师引以为傲的事。

考虑到病人的身体状况，彩夏的爸爸做的饭菜都很清淡可口。

作为厨师，要充分考虑顾客的各种需求，为孩子、中青年人和老人提供不同口味和分量的食物。

此外，做菜需要食材。想好做什么菜后，在预算范围内，要尽量选择新鲜、应季的食材。这也是厨师的工作。

什么人适合当厨师？

爱吃的人！这确实是当厨师的必要条件。很多厨师为了熟悉菜的制作、调味和摆盘的方法，了解流行的食材，会去很多餐厅品尝各种菜。要想当厨师，就得喜欢研究饭菜。此外，饭菜端上桌时，如果用的盘子、碗、杯子等餐具特别漂亮，你是不是会觉得味道更好？

愿意思考如何让饭菜的品质更好的人适合当厨师。

厨师的最大愿望，就是让客人吃得开心。此外，饭菜是人们吃进嘴里的东西，所以卫生是最重要的。厨师自己讲卫生，厨房和餐厅也要保持洁净。如果不注意卫生，客人吃了饭菜造成身体不适，那就后悔莫及了。厨师是为客人服务的，时刻牢记这一点，对于厨师来说非常重要。

如何成为一名厨师？

进入厨师学校学习，毕业后参加全国统一的厨师资格证书等级考试，考试通过后，可以获得厨师证。即使不上厨师学校，中学毕业后，只要在饭店、快餐店等地方有两年以上的帮厨经验，就可以参加厨师资格证书等级

考试，考试通过，就能取得厨师证。无论是在厨师学校，还是参加厨师资格证书等级考试，都不仅要学习烹饪方法，还要学习食品营养学、食品安全、食品保存等相关知识。

当然，当厨师并不一定要有厨师证。有的人在有一流厨师的饭店学习多年，得到一流厨师的认可后，成为独立厨师。如果想自己开店，还需要办理营业执照和食品卫生许可证等。

现在，世界各国之间的沟通越来越频繁，所以，厨师最好懂一点儿外语，可以向国外的客人介绍本国的美食。

[日]马原三桃

生于日本福冈县北九州市，曾获日本讲谈社儿童文学新人奖等。代表作有《彩色的夜》《铁花飞溅》等。

[日]木村衣子

生于日本奈良县，漫画家。漫画作品有《井子君》《鸡蛋盖饭》等。参与插画创作的童书有《小木偶》等。

图书在版编目（CIP）数据

欢迎光临野原餐厅 /（日）马原三桃著 ；（日）木村衣子绘 ；田秀娟译. -- 北京 ：海豚出版社，2024.3
（有趣的工作）
ISBN 978-7-5110-6668-8

Ⅰ. ①欢… Ⅱ. ①马… ②木… ③田… Ⅲ. ①儿童故事－图画故事－日本－现代 Ⅳ. ①I313.85

中国国家版本馆CIP数据核字(2023)第207100号

著作权登记图字：01-2022-6021

欢迎光临野原餐厅
[日] 马原三桃 著
[日] 木村衣子 绘
田秀娟 译

出 版 人 王 磊

责任编辑 张国良 白 云
特约编辑 董碧沙
美术编辑 王小喆
内文制作 张 典
责任印制 于浩杰 蔡 丽
法律顾问 中咨律师事务所 殷斌律师

出　　版 海豚出版社
地　　址 北京市西城区百万庄大街24号 邮编 100037
电　　话 (010)68996147（总编室）
发　　行 新经典发行有限公司
　　　　 电话 (010)68423599 邮箱 editor@readinglife.com
印　　刷 北京奇良海德印刷股份有限公司
开　　本 889mm×1270mm 1/32
印　　张 25
字　　数 300千
印　　数 5000
版　　次 2024年3月第1版
印　　次 2024年3月第1次印刷
书　　号 ISBN 978-7-5110-6668-8
定　　价 208.00元（全十册）

长大我也要当老师

有趣的工作

[日]楠茂宣 著
[日]下平启介 绘
袁秀敏 译

海豚出版社
DOLPHIN BOOKS
CICG 中国国际传播集团

文

班主任泷野老师

“萌美，早上好！”

奈奈惠甩着红皮筋扎着的小辫子，背对着朝阳向我跑来。

“早上好，奈奈惠，你今天看上去挺精神嘛。”

“当然啦。从今天开始，我们就是小学三年级的学生了，好期待呀。”

我叫春野萌美。

我的好朋友冈田奈奈惠是上二年级时从大阪转学来的。她活泼、幽默、热情，还很勇敢。

转学来的当天，前田敦士和大岛优人取笑她的口音，她就把他俩打哭了。

“要是我们三年级还能在一个班就好了。”

“嗯，我也想和萌美在同一个班。对了，我有个好主意。”说着，奈奈惠转过身去。

我也急忙转过身。

“上了三年级，还让我和萌美同班吧！”奈奈惠合上手掌，向着太阳大声祈祷。

“放寒假的时候去德岛，我看到奶奶就是这么做的。萌美，你也跟我一起祈祷吧。”

“嗯。”早晨的阳光迎面照过来，我感觉脸上暖烘烘的。

“让我们还在同一个班吧！”

“萌美，我怎么觉得有点儿像过新年呢。”

“嗯，我也这么想。”

“新年新气象，把每天都当作新年也挺不错啊。”

不愧是奈奈惠。

我和奈奈惠背着“唰啦唰啦”响的书包，来到了学校，向三年级的教室走去。

我们先走进三年级一班的教室，看黑板上贴的学生名单。

那上面没有我的名字，也没有奈奈惠的名字。

“我们俩的名字都没有！”

“这，这就是说……”

我们急忙走进三年级二班的教室。

“太好啦。”

“果真在同一个班呀。”

我和奈奈惠都在三年级二班。

“哇！”

“我们还在一个班啊！”

敦士和优人看着奈奈惠说。

“你们很开心吧。”奈奈惠说。

“啊？嗯……”

“嗯，啊……”

他们慌慌张张地回答，鼓起了腮帮子。

在体育馆举行开学典礼之前，学校先公布了各班的班主任名单。

我们三年级二班的班主任是一位年轻的男老师。

“我叫泷野丰，今年三月大学毕业的。我从小就梦想当一名小学老师，今后要和大家在樱花小学一起学习、生活。请多多关照！”

泷野老师精神饱满地和大家打招呼，冲着我们三年级二班的方向做了一个代表胜利的手势。

“奈奈惠，怎么办，班主任是男老师啊。”

“这有什么，应该很有意思呀。”

我和奈奈惠一边说着，一边回到教室。

“是吗，我还是觉得像白鸟老师那样温柔的女老师比较好。”

二年级时教我们的白鸟老师，今年调到一年级当班主任了。

“没关系，没关系。那个男老师看上去很年轻，应该能和我们一起玩儿呢！”

但是……

“泷野老师会是一位什么样的老师呢？”

“应该很有趣吧。”

同学们都在讨论新来的老师。

“该不会是一位很严厉的老师吧。”

就在这时，教室的门打开了。

“早上好！”

泷野老师大声喊。

教室里顿时安静下来。

“同学们，早上好。”

泷野老师站在我们前面，环顾了教室一周后，又说了一遍。

“早，早上好！”

我们刚说完，泷野老师就把手放在耳边，说：“咳，刚才是谁在说什么呀？同学们，早上好！”

他又说了一遍。

“早上好！”

我们也精神饱满地大声向老师问好。

“好。那么三年级二班开始上课了。”泷野老师笑着说。

踢足球，很快乐

“老师，我们来玩躲球游戏吧！”

开学第三天，按照奈奈惠的提议，课间我们和老师一起玩躲球游戏。

奈奈惠不论是跑步还是游泳，都是班里第一名。玩躲球游戏的时候，泷野老师用力投过来的球，她都能一个个地接住，然后击中敦士和优人。

我不喜欢运动，其实是不擅长运动。

所以，每次玩躲球游戏时，为了不被击中，我都一直在躲。

但我每次都会很快被击中。

这一天也一样。

躲球游戏开始后，我第一个被击中，然后在一旁为大家呐喊加油。

第二天依然如此。

班会结束后，我正要离开教室时，泷野老师问我：“春野同学，你擅长什么运动？”

“我，我，擅长的……没有啊。我跑得慢，力气也小。”

“那么，你有感兴趣的运动吗？”

“嗯……”

“萌美感兴趣的运动嘛……”

和我在一起的奈奈惠也开始思考起来。

“对了，萌美。足球！你不是说和进了足球学校的哥哥一起踢过足球吗？”

“不是，那个，我只是和哥哥一起踢过。”

“春野同学，你和哥哥一起踢足球的时候，开心吗？”

我试着回忆当时的情形。

寒假期间，哥哥教我一些他在足球学校学到的东西。我和他一起踢球……

“很开心。”

“是吗？好，那明天的课间时间，我们一起踢足球吧。但我们不能占用整个运动场，那就申请使用一个球门吧。”

“太棒啦！”

奈奈惠高兴极了。

第二天早上，奈奈惠就通知了大家。下课后，大家都在球门前集合。

“好了，老师当守门员，大家按顺序射门吧。”

泷野老师说完，大家就一个接一个地射门。泷野老师太厉害了，把大家踢过来的球全都挡住了。

敦士和优人跃跃欲试。

“我来，我来。”

“我肯定能进球。”

他俩的球也被老师挡住了。

不知不觉，在操场上玩儿的人们都围到了球门旁边。

“不行啊，老师太厉害了。”

“我们肯定进不了球。”

就在这时，奈奈惠说：“老师，我们来决一胜负吧。”

“好啊！”

操场上变得静悄悄的。

奈奈惠先助跑一段，然后瞄准球门左边，拼尽全力踢过去。

进了！

就在我们都这么想的时候，在球门中央做好准备动作的老师，突然横空一跃，用两只手牢牢地接住了球。

“哇——”

我们大喊起来。

围观的人们也为泷野老师热烈鼓掌。

“最后一位是春野同学。来吧！”

说完，泷野老师又做好准备。

“啊，不，我……还是算了吧。”

“不行不行，勇敢点儿，用力踢！”泷野老师说。

“就是呀，你不是说过踢足球很开心嘛。这么开心的事情，你一定能行。”

奈奈惠用洪亮的声音说完，又在我耳边小声地说：“听我说，你就像我刚才那样，瞄准球门左边，这样做个假动作，然后朝右边射门。”

“啊？”

我有点儿没信心。

“奈奈惠，我能做到这么难的动作吗？”

“萌美，没问题的！”

然后，奈奈惠对泷野老师说：“老师，超级无敌厉害的射门要开始喽！”

“好，来吧！”

“噢！”

围观的人们大喊道。

哎呀，这可怎么办呀。要是这时上课铃响就好了。

“萌美，加油！”

“好、好的……”

我能不能做到呢？

我也像奈奈惠那样，先助跑一段，再拼尽全力地踢。

我一脚踢空了。

哎呀，完蛋了。

我羞愧得脸都红了。

就在这时，泷野老师像应对奈奈惠刚才的射门一样，朝左边扑过去。

“萌美，就是现在。射门呀！”

听奈奈惠这么说，我急忙瞄准球门右侧，准备射门。

我拼尽全力地踢球，球骨碌碌地滚动起来。

“糟了！”

泷野老师跳起来扑球。

已经来不及了，球滚进了球门。

进了，进了！我射门成功了。

“球进了！”奈奈惠大喊起来。

“噢噢噢——”大家的欢呼声马上响成一片。

“超级射门！”

“无敌射门！”

“奇迹射门！”

“好厉害！”

操场上的人都在鼓掌。

“漂亮！哎呀，我被打败啦。”泷野老师也为我鼓掌。

“萌美，你成功啦。”

奈奈惠就像是自己射门成功一样，为我高兴。

踢足球，好像真的很有趣。

听到大家的掌声和欢呼声，我心里热乎乎的。

好孩子石子

“萌美，你太棒了。”回到教室，奈奈惠又说。

“我还是觉得那个射门好神奇。”敦士歪着头说。

“所以才叫超级无敌厉害的射门呀，明白吗？”

“噢，明白。”

“哎呀，春野同学，你那个射门真漂亮。”

泷野老师一边说，一边走进教室。

“不过，老师当守门员也很棒。您是不是练过呀？”优人问道。

“嗯，我从小学三年级起，一直练到现在。”

“难怪那么厉害呀。”

“我从五年级开始当守门员，那时候特别害怕近处射门的球。”

“咦？然后呢？”

“那时，每天放学后，我当时的班主任山下老师都会陪我一起练习。他尊重班里的每个孩子。我想成为他那样的老师，所以也当了老师。春野同学，你在一直练习守门的老师这里射门成功，真了不起呀。”

说完，泷野老师和同学们再次热烈鼓掌。

我急忙站了起来。

“那个，那是因为冈田奈奈惠同学教给我射门的技巧。所以，厉害的不是我，而是冈田同学。”

“不是不是，那是萌美的神奇射门哟。”满脸笑容的奈奈惠摇了摇头。

这时——

“春野同学能发现朋友的优点，并且告诉大家，老师觉得非常棒。大家也要像她那样善于发现朋友的优点。”泷野老师对大家说。

“对了，大家可以留心班里的好人好事。如果有人做了好事，就要像现在这样，让大家都知道。”泷野老师继续说。

“啊，老师，那就是说……”奈奈惠站了起来。

大家一齐朝奈奈惠看去。

“老师，我有这个！”

说着，奈奈惠从笔袋里拿出一颗白色的小石子。

“冈田同学，那是什么？”

“这是‘好孩子石子’，是今年放寒假去德岛奶奶家的时候，奶奶送给我的。就像刚才老师说的那样，我帮忙打扫卫生的时候，奶奶就在爸爸或者妈妈面前夸我：‘奈奈惠真是个好娃娃。’说完，她会给我一颗小石子。”

“原来如此，真不错。”

“老师，‘好娃娃’是什么意思？”敦士问。

“这个嘛，好娃娃啊，就是好孩子！”奈奈惠抢在泷野老师之前答道。

“好，今后只要发现有人主动做好事，或者发现朋友优点的，就说出来，让大家都知道。让我们努力积攒‘好孩子石子’吧。”

“好！”

“听起来真有趣啊！”

大家一致表示赞成。

“但是，老师，去哪儿找石子呢？”

“建材超市应该有，老师来准备。”

“不过，得到的小石子放在哪儿呢？”优人继续问。

啊。我突然想到了一个好主意。

“老师，我觉得可以放在饮料瓶里。”

“萌美，好主意啊！”

“对呀，春野同学，主意不错。大家把没有塑料包装纸、清洗干净的饮料瓶拿来吧。大小嘛，500 毫升的就可以。”

第二天上学的时候，大家都把饮料瓶带来了。

其他人的瓶子都是500毫升，只有敦士和优人带来了能装2升水的大瓶子。

“为什么拿这么大的瓶子啊？”

“嘿嘿，我们要攒好多好多‘好孩子石子’，对吧？”

“嗯。”

“大家早上好。我已经想好了‘好孩子石子’的评选方法。”

泷野老师抱着一个大纸箱，走进了教室。

早上开班会的时候，老师从纸箱里拿出一个装满白色小石子的篮子。

“这就是‘好孩子石子’。大家主动做了好事或者付出了努力，就可以往自己的瓶子里放白石子。谁发现朋友做了好事，或者发现了他的优点，也可以往他和自己的瓶子里放白石子。但是，必须在早上的班会或放学前的班会上向大家宣布后，才可以放。当然，我也会和大家一起参加的。”

“好！”我们大声回答。

“那么，首先请昨天发现冈田同学优点的春野同学，还有冈田同学，拿着你们的瓶子到前面来。”

我和奈奈惠走到前面排好队。

“好，你们俩一人一颗。”

说着，老师把白石子分别放进我们的瓶子里。

哐当。

哐当。

我和奈奈惠的瓶子底部都响起了“好孩子石子”的声音。

“哇。”

“太好了。”

大家边说边鼓掌。

从那天放学前的班会开始，在每天早上的班会和放学前的班会上，大家都踊跃发言，讲述自己和朋友做的好事，或者朋友的优点。

从那天开始，大家开始在瓶子里积攒“好孩子石子”。

但是，敦士和优人的瓶子和大家的都不一样。

“为什么他们俩积攒的‘好孩子石子’比较少呢？”

正如奈奈惠所说，虽然他们俩的瓶子里也有“好孩子石子”，但是都稀稀拉拉地在瓶底躺着。

“啊，这不就是因为瓶子太大了嘛。所以，即使得到了同样数量的石子，也感觉不多……”

“我知道啊！”

“我早就想带个小瓶子来。”

他们俩打断了我的话。

第二天，敦士和优人带来了500毫升的瓶子。

奈奈惠的担心

“萌美，我们去踢足球吧？”

“好。”

这段时间，每天一到休息时间，我和奈奈惠就去练习踢足球。

“下周有公开课吧？”

奈奈惠一边练传球，一边问。

“嗯。”

我一边把球传给奈奈惠，一边答道。

“是数学课呢，还是语文课？”

“不知道呀……”

“要是上体育课，踢足球就好了。”

“我同意！”

“喂，萌美。”

“怎么了？”

“前些天，我在日记里写了‘我想成为足球运动员’，泷野老师给我写了‘支持你’的批语。”

“我写了‘踢足球，真快乐’，老师给我的批语是‘你真棒’。”

“如果泷野老师有时间，会不会教我们踢足球啊？”

“肯定会的。”

“在课堂上，泷野老师也会耐心地讲课，直到每个人都听懂为止。”

“嗯，而且他还一个劲儿地夸奖我们呢。”

“唉，要是我只说了这些就好了。”

“怎么了？”

“萌美，有件事我有点儿担心。”奈奈惠停下来，说。

“怎么了？”

“唔……萌美，你妈妈有没有问过你，‘泷野老师是什么样的老师’呀？”

“嗯，问过。”

“你怎么回答的？”

“我说泷野老师总是精力充沛，不论做什么事都很努力，经常夸奖同学们，是一位好老师。你呢，奈奈惠？”

“我啊。我妈妈问这问那的，一个一个地回答太麻烦了。于是，我说他很年轻、帅气，是个超级美男子。”

“然后呢？”

“妈妈后来一直在给她的朋友们打电话，发短信。我有点儿担心。到时公开课会不会出现什么情况？”

“奈奈惠竟然也会担心，真是少见呀。不过，家长们都是到自己孩子的班级去听公开课，肯定没问题的。”

“但愿如此吧。不知怎么了，我有一种不好的预感。”

“没事的。”

我安慰奈奈惠。这种情况还真是少见。

但是，奈奈惠担心的事情真的发生了。

我的梦想

这是我们上三年级后的第一次公开课。

在第五节课的公开课开始前，我们班的教室里挤满了家长。

而且，走廊里也有不少家长。

“这儿，在这儿呢！”

“三年级二班的老师是

什么样的？”其他班的家长们一边说着，一边围过来。

校长和教导主任也来了。

肯定是因为这里聚集了太多人。

“泷野老师第一次上公开课，会是什么样的呢？”

“很期待呀。”

校长和教导主任一边向教室里张望，一边讨论。

“萌美，怎么办？事情有点儿严重啊。”只见奈奈惠抱着头说道。

“这样也好。反正泷野老师都是要讲课的，如果很多人来听的话，说不定他的干劲儿会更足！”

“但是，泷野老师看上去好像有点儿紧张。”

泷野老师一边为多出来那么多听课的人而吃惊，一边做着上课的准备。

不知怎么了，他的脸色看上去不太好。

他的笑容也和平常不一样。

特别是他的汗水像瀑布一样流，他用手绢擦不管用，又拿出毛巾来擦。

“奈奈惠，泷野老师没事吧？”

“唔……对了，告诉他一件好事吧。”

说着，奈奈惠从座位上站起来。

她走到泷野老师身边，就像上次踢足球时一样，在老师耳边说着什么。

突然，泷野老师的表情放松了。

奈奈惠回到自己的座位后，泷野老师做了一个深呼吸。

上课铃声响了。

泷野老师用白色粉笔在黑板上写了一个大大的“梦”字。

“今天的思想品德课，让我们来讨论一下梦想吧。”

第五节课的思想品德课开始了。

“下面，请大家思考两个问题，想一想答案和理由，然后写下来。”

说完，泷野老师给我们发了答题纸，上面印着两个问题。

第一个问题是：你将来想做什么？

第二个问题是：你将来想成为什么样的人？

我开始冥思苦想。

当我还在思考的时候，奈奈惠好像已经写完了。

泷野老师一边在课桌间走动，一边观察每个学生，如果发现谁还没有动笔，就帮他一起动脑筋想。

看着那样的泷野老师，我回想起刚上三年级的时候。

上了三年级以后，曾经不擅长运动的我，学会了踢足球。

泷野老师是为了我才号召大家一起踢足球的。

那天，虽然我的射门没有技术含量，但是球进了。泷野老师还夸奖了我。

而且，从那天起，积攒“好孩子石子”的活动开始了。

上了三年级，我觉得学校的生活更快乐了。

好了。

我想好要写什么了。

我一个字一个字地认真写着。

泷野老师转了一圈，走过来的时候，我慌忙把答题纸翻了过去。

“写好了吗？”

我点了点头。

“好吧，大家来读一读自己的答案吧。”

哎呀，怎么办。我没想到还要当众读出来。

我的心扑通扑通地跳着。

大家开始一个接一个地发言。

“俺，不，我，将来想做一名糕点师。因为我们家是开点心店的。还有，我想成为一个诚信的人。因为我爸爸说过，诚信是做生意的根本。”敦士说。

“我想成为一名医生。我出生的时候，妈妈难产，是医生们努力抢救，才救了我和妈妈的命。我想当医生，像自己的

名字一样，成为一个优秀善良的人。”

听到优人的发言，他妈妈哭了。

每个人都积极地发言，同学们都在认真地听。

家长们也都在静静地听着。

WORLD

接下来轮到奈奈惠了。

“我想成为国家女子足球队的球员，参加世界杯。另外，我想成为活力四射、给身边的人也带来活力的人！”

像平常一样爽快地说完后，奈奈惠坐下了。

怎么办，轮到我了。

我的心扑通扑通地跳个不停。啊，对了。

我站起来，就像泷野老师上课前那样，做了一个深呼吸。

泷野老师点了点头，像是在鼓励我。

“虽然上二年级的时候很快乐，但是成为泷野老师的学生，我觉得学校的生活更快乐了。大家一起踢足球，还开始积攒‘好孩子石子’。三年级二班是一个非常快乐、友爱、充满欢声笑语的集体。所以……”

我深吸了一口气。

“我想当一名小学老师，想成为像泷野老师那样的人，能够发现大家的闪光之处，并且懂得欣赏和鼓励别人。”

“春野同学，谢谢你。我真高兴。”

说着，泷野老师微笑着点点头。

“刚才，大家都积极地发言，说出了自己将来想做什么，想成为什么样的人。这是大家非常宝贵的梦想。”

然后，他继续说道：“我想当一名小学老师，所以成了大家的班主任。作为班主任，我想成为那个对你们的梦想支持到底的人。”

老师挨个儿地看着我们说：“好了，同学们把‘好孩子石子’拿出来，请坐在后面的爸爸妈妈们看一看吧。”

我们抱着瓶子站起来，给自己的爸爸妈妈看里面的白色石子。

“家长朋友们，这叫‘好孩子石子’。当我们主动做了好事，就往自己的瓶子里放一颗白色石子。当我们发现朋友做了好事，或者发现朋友的优点时，就往朋友和自己的瓶子里都放白色石子。三年级二班就这样开始积攒‘好孩子石子’。现在，我们已经积攒了这么多。”

“噢——”

校长点点头。

“同学们，请把瓶子举起来。”

听了泷野老师的话，我们把捧着瓶子的双手高高举起。

然后，泷野老师挺起胸膛说道：“刚才，正如大家所听到的，每个孩子都有宝贵的梦想。三年级二班就是这样一个充满梦想的班级，大家都是好孩子！各位家长，为了孩子们的未来，请大家一起为他们加油吧。”

泷野老师话音刚落，教室里响起热烈的掌声。

放学前的班会

“奈奈惠，今天的公开课，老师和同学们都很努力哟。”

“是呀，有那么多人来听课，真是太好了。”

“奈奈惠，上课前你跟泷野老师说了什么呀？”

“啊，那个，我就说了一句：‘老师，虽然来了很多人，但你要加油呀。要是你做到了，我就给你“好孩子石子”哟。’”

“哇，奈奈惠，你简直是老师的老师呢。”

“怎么样，我能不能成为给身边的人都带来活力的人？”

说完，奈奈惠又露出了像往常一样的灿烂笑容。

放学前的班会开始了。

发“好孩子石子”的时候，奈奈惠按照约定，对大家说道：“今天的公开课，竟然来了那么多人。泷野老师真的很棒。”

说完，她往泷野老师的瓶子里放了一颗“好孩子石子”。

哇！大家都鼓起掌来。

得到“好孩子石子”的泷野老师，和我们一样，高兴极了。

三年级二班果然是一个很棒的班级。

嗯！

我一定要成为像泷野老师那样的小学老师。

小学教师小贴士

附录

哪些人在小学工作？

孩子们在学校里学习，老师负责教学的工作。像泷野老师这样的教职人员，叫作小学教师。

还有哪些人在小学工作呢？校长和教导主任属于管理人员。医务室有校医，图书室有图书管理员。还有负责上英语课的外教老师，管理学校的财务和教具的行政办公人员，修整校园和教学楼的后勤人员。此外，还有提供美味又营养的学校餐的营养师和厨师。

正因为有这些人努力工作，我们才能在学校平安快乐地学习。

Apple

学生放学后，老师会做什么？

小学生放学以后，老师会和学生们一样，马上回家吗？不是的。他们还要继续工作呢。

老师要批改试卷，给每位学生写评语，还要开会商讨工作等。

另外，为了让课堂内容更丰富易懂，老师们还要认真备课，有时候回到家时，天已经黑了。

小学教师总是很忙，非常辛苦。为了更有干劲儿，要喜欢自己班里的所有孩子，保持这种心态很重要。

如何才能成为一名小学教师？

在中国，要想成为小学教师，首先要考小学教师资格证。有师范类院校大学专科以上学历，普通话水平在二级乙等以上，完成规定的课程学习，可以参加国家中小学教师资格考试。考试成绩合格就可以取得小学教师资格证。

有了小学教师资格证，还要参加各地区教育局和小学组织的招聘考试。被小学聘用后，才能成为一名小学教师。

[日]楠茂宣

生于日本德岛县，儿童文学作家。代表作有《一年级的一年》《请不要生气》《戴眼镜》等。

[日]下平启介

生于日本茨城县，插画家。代表作有《乙武老师的三堂课》《变身！平庸的英雄》《特别的宠爱》等。

图书在版编目（CIP）数据

长大我也要当老师 /（日）楠茂宣著 ；（日）下平启介绘 ；袁秀敏译. —— 北京 ：海豚出版社，2024.3

（有趣的工作）

ISBN 978-7-5110-6668-8

Ⅰ. ①长… Ⅱ. ①楠… ②下… ③袁… Ⅲ. ①儿童故事－图画故事－日本－现代 Ⅳ. ①I313.85

中国国家版本馆CIP数据核字(2023)第207094号

著作权登记图字：01－2022－6021

长大我也要当老师

[日] 楠茂宣 著

[日] 下平启介 绘

袁秀敏 译

出 版 人 王 磊

责任编辑 张国良 白 云

特约编辑 董碧沙

美术编辑 王小喆

内文制作 张 典

责任印制 于浩杰 蔡 丽

法律顾问 中咨律师事务所 殷斌律师

出　　版 海豚出版社

地　　址 北京市西城区百万庄大街24号 邮编 100037

电　　话 (010)68996147（总编室）

发　　行 新经典发行有限公司

电话 (010)68423599 邮箱 editor@readinglife.com

印　　刷 北京奇良海德印刷股份有限公司

开　　本 889mm×1270mm 1/32

印　　张 25

字　　数 300千

印　　数 5000

版　　次 2024年3月第1版

印　　次 2024年3月第1次印刷

书　　号 ISBN 978-7-5110-6668-8

定　　价 208.00元（全十册）

如有印装质量问题，请发邮件至 zhiliang@readinglife.com

我的妈妈是医生

[日]浅野敦子 著
[日]本田亮 绘
田秀娟 译

有趣的工作

海豚出版社
DOLPHIN BOOKS
CICG 中国国际传播集团

我讨厌妈妈！

“砰”，脚下的小石子被一脚踢开了。

骨碌碌，黑色的石子滚了几圈，

滚到了水坑里，

发出“吧嗒”的响声。

美生又踢了另一颗石子。这是一颗灰色的石子，比刚才那颗大，和美生的拳头差不多。

她踢得脚尖都觉得疼。骨碌碌，灰色的石子也滚到了水坑里。

“咚！”这次的动静更大，石子溅起一片水花。

美生很生气，想大哭一场。

她并拢双腿，使劲跳到水坑里。

“嘭！”传来一声巨响。

美生的裙子、袜子和鞋子都湿透了。白色的上衣溅满了褐色的泥点儿，估计洗不干净了。

美生的脑海里浮现出妈妈皱着眉头的样子。

还有奶奶无奈的样子。

我才不管呢！哼！

“美生！”对面走过来一个扎马尾辫的女孩儿。

“啊，小舞。”

是井村小舞。小舞是美生转到吉冈小学后认识的第一个朋友。她们是同桌，家也离得很近。

小舞的妈妈是芙洛拉美容院的美容师，会给小舞做各种漂亮的发型。

小舞有时候扎好看的编发，有时候

扎丸子头。今天，她扎了马尾辫。

美生的妈妈是一名医生，一天到晚都很忙，根本没空给美生扎辫子。美生的辫子都是奶奶帮忙扎的。

奶奶给美生扎的是普通的麻花辫。奶奶扎的辫子很紧，形状也很好看，美生很喜欢。不过，当美生想换个发型时，奶奶告诉她："美生，真抱歉。我只会扎麻花辫。"

小心流感!!
七步洗手法
致患者的
一封信
吉冈诊所
梦幻小猫

妈妈的工作

每天早上，妈妈总是手忙脚乱，时间紧巴巴的。

不到八点，就有很多病人在候诊室等妈妈了。

昨天夜里，诊所来了一位急诊病人。妈妈整晚都在照顾病人。

今天早上，妈妈倒没有手忙脚乱，因为她连手忙脚乱的力气都没有。

她挠着乱蓬蓬的短发，眯着眼睛，一个劲儿地说："好困啊，好困啊。"

美生的妈妈是一名医生，在吉冈村唯一的诊所——吉冈诊所工作。

吉冈诊所的工作人员除了妈妈，只有町田护士、栗本护士，还有为病人照 X 光片的放射技师市田先生。

市田先生还在城里的医院工作，每周只在吉冈诊所工作两天。

所以，妈妈是吉冈诊所唯一的全职医生，也是吉冈村唯一的医生。

本来，妈妈要和爸爸一起开诊所的。

美生的爸爸也是医生。他是吉冈人，一直很关注家乡的医院建设。爸爸说，一定要回家乡建一所医院。

但他没能实现梦想。在美生两岁的那个夏天，爸爸因为车祸离开了这个世界。

那时，妈妈正在读医科大学。妈妈非常用功，大学毕业后，通过了医师资格考试。她在城市里的大医院工作了好几年。后来，她代替美生的爸爸，成了吉冈村的医生。

为了方便妈妈工作，村里人帮她筹建了一间诊所。诊所比医院小多了，也没有住院用的病房。因为这里只有妈妈一名医生，所以无法收治住院病人。

美生上小学三年级的那个春天，她和妈妈开始了在吉冈村的生活。

“美生，我们回爸爸的家乡，和奶奶一起生活，好吗？”当妈妈这样问的时候，美生点点头说：“好！”

奶奶就住在吉冈村。以前每年的寒假和暑假，美生都会和妈妈去奶奶家。

奶奶家后面有一条小河。美生在河边玩水、捉虫子，在奶奶家的地里摘草莓，留下了无数美好的回忆。

虽然告别以前的朋友很伤感，但是能和妈妈、奶奶一起生活，美生很开心。

以前，美生和妈妈住在公寓的十六楼。妈妈下班晚，美生总是一个人等妈妈。

美生很喜欢狗，一直想养一只小狗陪伴自己，可公寓里禁止养宠物。

奶奶家养了两只小猫和一只浅褐色的大狗。

大狗名叫茸茸，因为它身上毛茸茸的。茸茸的眼睛又黑又亮，眼珠子滴溜溜地转，可爱极了。

每次美生抚摸茸茸，茸茸就“吧嗒、吧嗒”地舔她的手。

想到能和茸茸一起玩儿，美生就很期待回到奶奶家。

吉冈诊所离奶奶家很近。妈妈说，走快点儿只要五分钟，走慢点儿十五分钟也就到了。

奶奶经常在家，如果有什么事，美

生还能马上去吉冈诊所找妈妈。这样，美生就不会觉得孤单了。

能和奶奶一起生活，和茸茸、小猫一起玩儿，还离妈妈上班的地方很近，听起来好棒啊。

不过，美生最担心的事情是，能不能交到新朋友。

她有些害羞，不怎么爱说话。像“我们做朋友吧”“一起玩吧”之类的话，她从来说不出口。

如果交不到新朋友，那可怎么办？

吉冈小学是一所很小的学校，每个年级只有一个班。

从一年级到四年级、五年级，大家一直在同一个班，关系肯定很好吧。转到这样的小学，能很快交到朋友吗？

美生很紧张。

“各位同学，这是广末美生，是大家的新朋友。”

班主任石井老师向大家介绍美生的时候，美生紧张极了。石井老师是一位年轻的男老师，声音很洪亮。美生很想用比老师还响亮的声音对大家说：“我是广末美生。很高兴认识大家。”

可是，她太紧张了，根本说不出话来。最终，她嘟囔了几句，连忙向大家鞠躬。

啊！自己真是太差劲了！

正当美生对自己无比失望的时候，突然听到一阵掌声。

啪啪啪！啪啪啪！

她抬头一看，同学们正在为自己鼓掌呢。

“广末同学的妈妈是诊所的广末医生吧。”一个扎着两条辫子、辫子上系着粉红色丝带的女同学站起来说。

她的毛衣也是可爱的粉红色。

“我妈妈和奶奶很高兴，说吉冈村终于有医生了。”

“我爸爸也很开心。”一个穿黄色运动服的男孩站起来说。

“爸爸说广末医生来了，以后生病就不用去别的镇上了。他总说我们应该好好谢谢广末医生。”

石井老师不住地点头。

我的梦想
我的梦想

“是啊。以前村子里没有诊所，一生病就很麻烦。”

“开车去最近的镇上医院也得一小时。”

“没错。我妹妹发烧的时候，爸爸半夜开车去的医院。”

扎粉红色丝带的女同学冲美生鞠了一躬，说：“谢谢你，广末同学。”

“啊？那个……不用啦……”

“广末同学的妈妈是医生，太好了。”

“真的太感谢了。”

“谢谢。”

十五个同学相继站起来，向美生道谢。

石井老师笑眯眯地看着同学们。

美生的生日

美生很快就融入吉冈小学三年级的班集体中。

扎粉红色丝带的女同学叫井村小舞，和美生格外要好。放暑假后，她们也天天在一起玩儿。

前不久，小舞过生日，邀请了美生。在小舞的房间，美生和同学水木、桃子，还有小舞的妹妹香织，一起吃了生日蛋糕。

生日蛋糕是小舞的妈妈做的。这是一个很大的生日蛋糕，上面摆满草莓和猕猴桃，漂亮极了，味道也很好。

“我妈妈做糕点最拿手了。她说，如果她不当美容师，肯定会开蛋糕店。”小舞得意扬扬地说。

真好啊。美生很羡慕小舞。

小舞的妈妈会给小舞扎漂亮的辫子，还会做美味的蛋糕。

有这样的妈妈真好。

“美生，你的生日在八月，是吧？”小舞笑嘻嘻地问美生。

“啊？嗯，暑假快结束的时候……”

美生没有邀请大家和她一起庆祝生日。

让妈妈为自己做蛋糕这种事，她想都不敢想。

妈妈总是很忙。她现在比以前更忙。

诊所每天九点开门，但病人们不到八点就来了。

来看病的大多是老爷爷、老奶奶，也有带着小宝宝的妈妈们，以及中学生模样的大姐姐。

暑假期间，来诊所的病人中，发烧、受伤，或者由于过敏造成脸和手脚红肿的小学生多了起来。

妈妈是内科医生，主要治疗肠胃、肺部这些内脏疾病；处理伤口是外科医生的工作，爸爸就是外科医生。

可是，吉冈村只有妈妈一名医生。她总不能对病人说“我是内科医生，处理不了伤口”吧。

今天，诊所里来了一个脚被玻璃扎伤的男孩儿。

美生正好去诊所送妈妈忘带的午饭。

“我上班的时候，你尽量不要来，会影响我工作。”这句话妈妈不知道对美生说了多少次。

所以，美生总是在妈妈中午快下班的时候，把饭送过去。平时，她会马上回家。可今天，她却在休息室磨蹭着不想走，她想和妈妈说说蛋糕的事。

虽然不抱什么希望，但至少试试嘛。她想对妈妈说：“妈妈，我过生日的时候，你给我做个蛋糕吧。”

“美生，我们一起吃便当吧。”

“不用了，我吃过了。妈妈，我过生日时……”

“啊，你要过生日了。九岁的生日呢。”

“嗯，那个……”

就在美生想说出“蛋糕”两个字的时候，护士町田急匆匆地跑进休息室。

“广末医生，有急诊病人！”

妈妈马上盖上便当的盖子，拿下墙上挂着的白大褂，穿到身上。

“病人叫山村悟，六岁。他在河滩上玩的时候，被玻璃碴儿割伤了脚趾。”

“知道了。立刻准备冲洗。”

妈妈吩咐町田护士。

眼前的妈妈，和在家里一脸疲惫地说“好困啊”“好累啊”的妈妈，简直判若两人。

妈妈身材高挑，穿白大褂很好看，

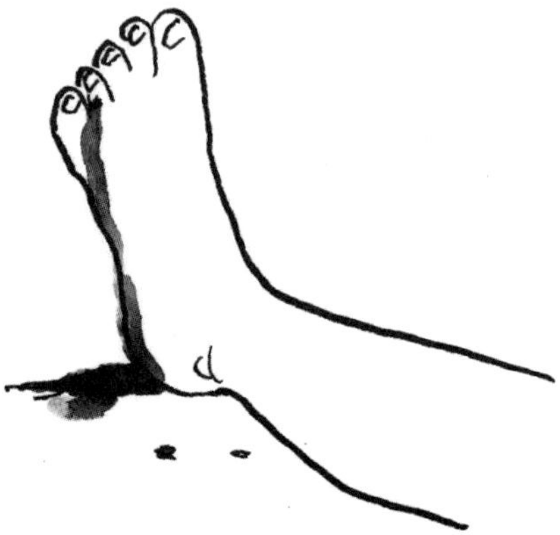

妈妈真厉害！美生对妈妈有了新的认识。

山村悟是吉冈小学一年级的学生。美生在学校里见过他。他是个很活泼的小男孩，总是连跑带跳的。

此时，他的脚尖全是血。美生看了一眼，就觉得受不了。妈妈却毫不在意。

“马上就给你冲洗。冲洗，就是把伤口周围洗干净。这样才能看清伤在哪儿了。”妈妈笑着对山村悟说。

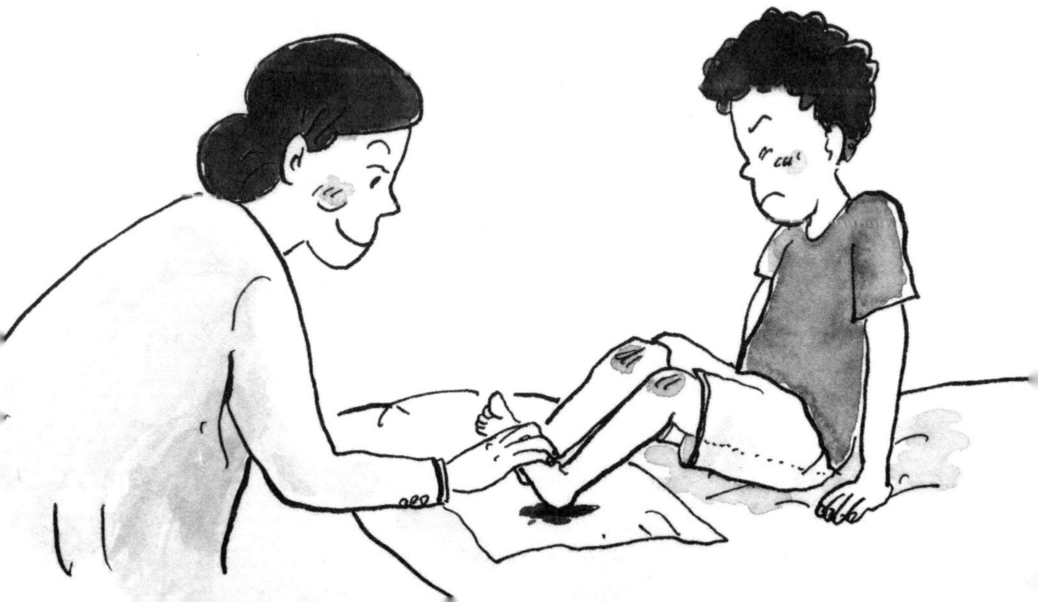

妈妈虽然不是美女，但她的眼睛和脸圆圆的，很可爱。

看到妈妈的笑脸，美生放松了一些。

山村悟一边哭，一边点点头。

“你真棒！太坚强了！好了。伤口不算深，不用缝针。”

“什么是缝针？”山村悟不明白妈妈的话，眨着眼睛问道。成串的泪珠从他脸上滚落下来。

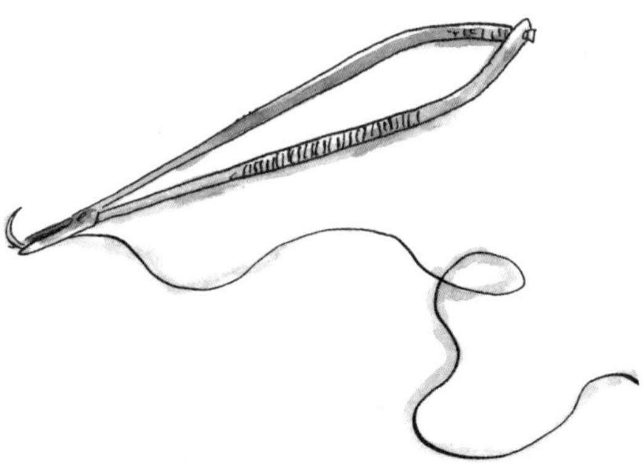

“嗯，就是用针线把伤口缝合起来。”

“我不要！”山村悟一把抱住他的妈妈。

“啊，没事了，没事了。小悟的伤口不用缝。血马上就止住了。不过，河滩上有尖尖的东西，下次去玩一定要记得穿鞋哟。”妈妈一边说，一边麻利地清理小悟的伤口。

“本来打算痛痛快快地玩儿，受了伤多难受啊。好了，可以了。还觉得疼吗？”

“嗯，有一点儿疼……”

“我马上给你开药。吃了药，今天好好休息，不能跑，也不能打闹。”

“嗯。”

“不要说‘嗯’，要说‘知道了’。谢谢医生。”小悟的妈妈轻拍着小悟的背说。

小悟轻声说："谢谢。"

"不用谢。这是我的工作。"

妈妈又对小悟妈妈说："我开了止痛药和消炎药。如果孩子一直觉得疼，或者发烧了，就马上过来。"

"好的。"

预防流感

“这点儿小伤，不要怕。你是勇敢的男子汉嘛。”

“男子汉？”小悟歪歪头。

妈妈和小悟的妈妈对视了一下，“扑哧”一声笑了。

小悟他们回去后，妈妈终于有时间吃便当了。

“哇，真好吃。奶奶做的饭最好吃了。吃完之后下午就有力气工作了！”

上午，妈妈一直在诊所给病人看病。这叫门诊。

来门诊看病的病人，症状各不一样。有山村悟这样受伤的，还有发烧的、咳嗽的、肚子疼的和手脚发肿的。

妈妈仔细地询问病人。

“您是从什么时候觉得疼的？”

“昨天您吃了什么东西？”

“是突然发烧吗？嗓子疼吗？”

“以前有过这种情况吗？”

像这样详细询问病人的病情，叫作问诊。

了解病人的病情，对治疗很有帮助。而且，在问诊的过程中，病人能渐渐平静下来。

“‘我得了什么病呀，我要接受什么治疗呢？’想到这些，受伤或生病的人会很不安或害怕。认真听病人说话，会让病人的心情放松下来。如果能让病人产生和医生一起努力康复的动力，是最棒的。”妈妈这样说过。

认真听病人说话，也是医生的职责之一。所以，妈妈总是非常耐心地听病人说话。这么做当然很好，但会延长门诊的时间。因此，她常常连吃午饭的时间都没有。

下午，妈妈要出诊。

在大医院，病人住在医院里。医生会查看病房，观察病人的病情。

吉冈诊所没有住院的病人。所以，妈妈每天都要出诊。所谓出诊，就是妈妈去病人家，给他们治病。

妈妈开着那辆来吉冈村之后买的红色小汽车，转遍整个村子，去病人家出诊。

需要她出诊的病人，基本上都是老年人，其中有独居的，也有卧床不起的。

妈妈和护士两个人一家家地探访，要转遍整个村子，非常辛苦。可是，每当听到病人们说“又看到医生的红色小汽车了，真开心呀”，妈妈就会干劲十足

地说:“我一定要坚持下去。”

今天下午，妈妈也要出诊。时间不多了，她匆匆吃完午饭、喝了两口茶。

“妈妈……”

“嗯？怎么了？”

“就是，我快过生日了……”

“哦，你想要什么生日礼物呀？”

“除了礼物，还有……”

“还有什么？”

“那个，我想让你给我做一个蛋糕。”

“蛋糕？”妈妈的黑眼珠瞪得圆圆的。

这时，外面响起一阵脚步声。这次进来的是栗本护士。她很年轻，两年前刚从护士学校毕业。

“广末医生，加藤先生来电话了，说老奶奶突然摔倒了。”

“加藤的奶奶！糟了！我们得赶快去她家。栗本，请尽快做好出诊准备。”

“好。”

“还有，联系一下急救中心，请他们准备救护车。病人可能需要转到邻镇的医院。”

“好。”

“老奶奶还有意识吗？”

“有。喊她的名字，她能答应。”

“知道了。给急救中心打电话前，先给加藤打电话，告诉他我们马上就到，叮嘱他千万别移动老奶奶的身体。”

“好的，我已经告诉他了。”

“还有，告诉加藤，如果老奶奶还有意识，要在她耳边一直叫她的名字。如果老奶奶的衣服很紧，要给她解开衣服。”

“好。”

“我们现在马上过去。”

“好。”

妈妈马上就要离开休息室了。

“妈妈。”美生叫住了妈妈。

“妈妈……那蛋糕……”

“以后再说！”妈妈生硬地回了一句。

然后，她瞪了美生一眼，说：“什么蛋糕不蛋糕的！你快回家吧！”

“砰！”门关上了。休息室里只剩下美生一个人。

12
3
6
9

我喜欢妈妈

回去的路上，美生不停地踢着脚下的石子。

石子纷纷滚到路边的水坑里。

昨天夜里下了一场大雨，地上到处是水坑。

就算她再着急，也不用这么瞪我呀。

哼！我还好心好意地给她送午饭呢。

还说“什么蛋糕不蛋糕的！”，她竟然这么说！对我来说，蛋糕很重要，非常重要！

妈妈听病人说话时那么认真、耐心，为什么不能好好听我说话呢？

总是忙忙忙！连辫子都不给我扎……

家里的事都交给奶奶，连饭都是奶奶做的。如果奶奶累坏了，就怪妈妈！

美生心里装满了对妈妈的抱怨。

休息日，妈妈还要参加什么学习会，做调查，总是不在家。晚上回来那么晚，早上不早点儿起床，出门总是手忙脚乱的……

我讨厌妈妈！美生的心情越来越沉重。她其实不是这么想的。

她觉得有点儿恶心，越来越难受了，很想吐。

“美生！”

小舞看见了她。

“你怎么了？一个人在这儿嘟囔什么呀？”

“嗯？你听见我说话了？”

“是啊，你在说什么呢？哎呀，你的衣服怎么这么脏，上面有好多泥点……”

“唔……”

美生突然觉得很不好意思。

她的脸颊越来越烫。

“美生，你真的没事吗？”

“啊，什么事？”

“你的脸红红的，不会发烧了吧？”小舞摸了摸美生的额头。

小舞的手凉凉的。

“啊，好烫！你肯定发烧了。”

不是发烧，我只是觉得不好意思……

美生摇摇头。她觉得越来越恶心，快要站不住了。

“美生，你没事吧？要去诊所吗？”

“我……要回家。”美生对小舞说。

即使现在去诊所，妈妈也不在。那里没有医生。

美生开始觉得头疼了。

她这才想起来，早上起床时，她的嗓子就很疼，后背也发凉。吃过早饭后，她感觉好多了，就没有在意。

诊
所
5678
5-1
请注意
路

“你没事吧？打起精神来啊。”小舞用力抓住美生的胳膊，扶着她。

美生觉得好点儿了。

“你还能走吗？”

“嗯，能走。谢谢你，小舞。”

在小舞的搀扶下，美生朝家里走去。平时走路飞快的她，现在感觉路好长，好难走。

路两旁种满了樱花树。高大的樱花树一棵接一棵。

春天，这条路美极了。

现在，樱花树的枝头长满了浓密的绿叶。

风儿吹过，树叶沙沙响。树上传来一阵热闹的蝉鸣。

美生感觉脑袋嗡嗡直响。她好像什么都听不见了，头越来越疼，越来越想吐。汗水从她的额头上滴滴答答地落下来。

“美生，再坚持一会儿。马上就到家了。”小舞带着哭腔说。

已经能看见家了。

奶奶正在院子里晾衣服。她晾的是美生和妈妈的睡衣。

“奶奶，美生好像病了。”小舞大喊道。

奶奶连忙跑过来。“美生！”她紧紧地搂住美生。一股肥皂味儿飘过来，美生晕了过去。

她感觉自己正躺在床上，床单很干爽，舒服极了。

好困啊，好困啊。

美生想好好睡一觉。可是，她还是觉得恶心，身上又出汗了。

“快吐到这里。”奶奶把一个铺着报纸的容器放到美生嘴边。

美生吐了出来，顿时觉得舒服多了。她渐渐地睡着了。

身体很烫，手脚很沉，动不了，胸口很堵，不能自由呼吸。啊，好难受，好沉，好热。

是因为说了妈妈的坏话，所以受到了惩罚吧。

其实，美生心里明白，妈妈的工作非常辛苦。她的职责是保障村民的健康，这个工作非常重要。

妈妈工作忙，病人们非常信任她。看到病人们康复，她会露出发自内心的笑容。这些美生都明白。

作为一名医生，必须不断学习，了解最新的药物和疾病症状。学习也是医生工作的一部分。这些美生也明白。

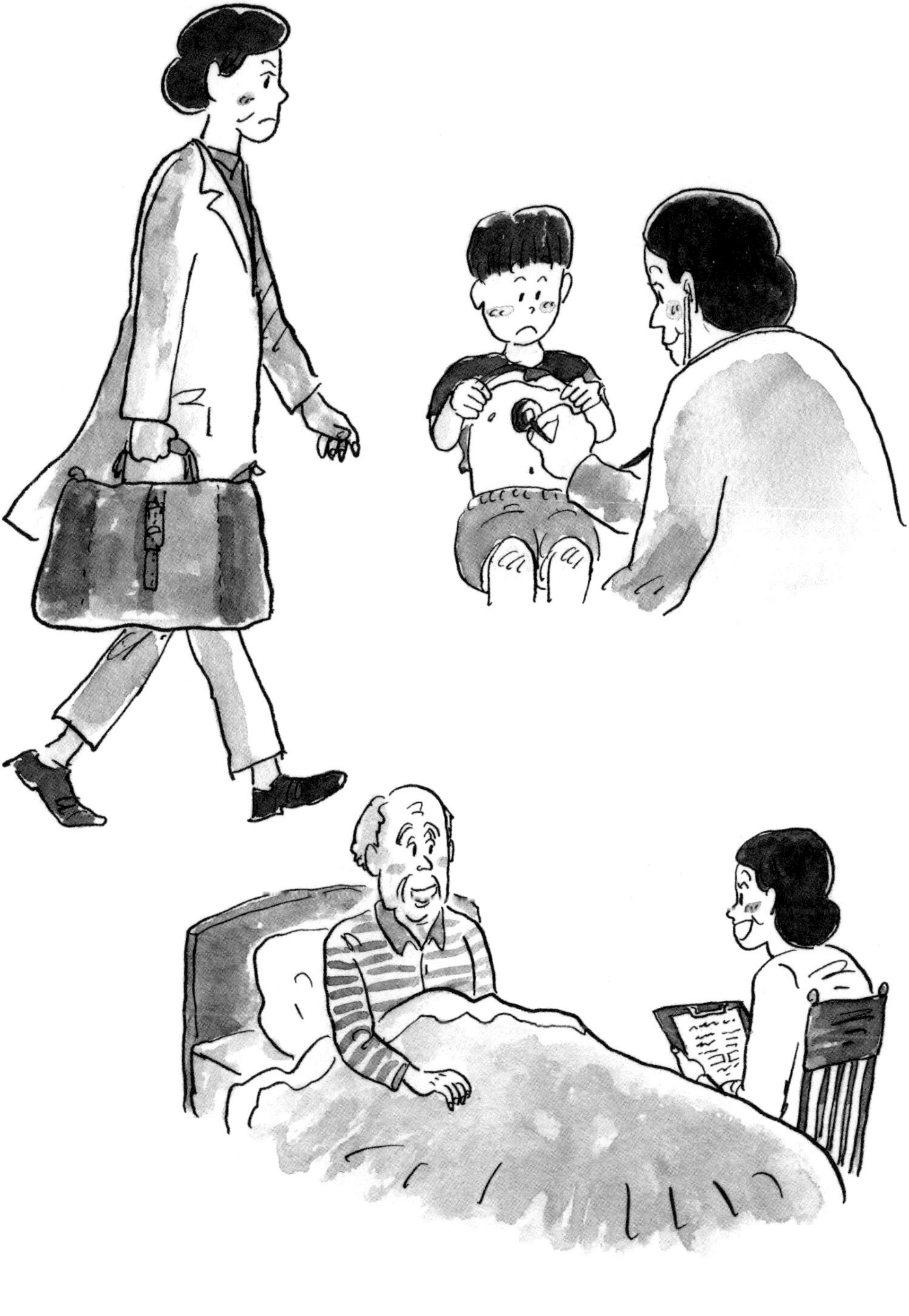

明白，她明白，她都明白。

可是，她多么希望有那么一刻，妈妈只做自己的妈妈，给自己扎漂亮的辫子，做好吃的蛋糕。

她真想在妈妈怀里撒娇啊。

她的眼泪流了出来，感觉嗓子很干。

妈妈，妈妈，对不起。

“美生。”有人在叫她。

不是奶奶，是妈妈的声音。

“你想喝水吧？”

清凉的水流入她嘴中，真好喝啊。

“……还想喝。”美生“咕咚、咕咚”地喝光了杯子里的水。

“美生，放心吧。妈妈会陪着你的，你很快就能好。”

“妈妈……”美生睁开眼睛，看到妈妈圆圆的脸。

“真抱歉，我回来晚了。现在没事了。妈妈会照顾你。”

“……老奶奶呢？”

“什么老奶奶？”

“摔倒的老奶奶……”

“哦，加藤的奶奶啊，她被送到邻近镇上的医院住院了，但很快就能出院。”

“……太好了。”

“是啊，太好了。好了美生，妈妈会陪着你的，加油。”

妈妈笑了。她真的笑了。

看到妈妈的笑脸，美生一下子放心了。她立刻觉得有了精神，感觉自己已经好了。

是啊，妈妈是医生呢。正因为有妈妈，病人们才可以安心养病，就像现在的自己一样，很快就会好的。

“妈妈。”

“怎么了？”

妈妈真了不起！有了妈妈，病人们才能恢复健康。妈妈是一名厉害的医生。

妈妈，你真棒！

“……真棒！”

“嗯？你说什么？”

“没，没什么……”

美生又睡着了。

等她睁开双眼，发现房间里亮堂堂的。

啊，太阳升起来了。

耳边传来了小鸟的叫声。

虽然她感觉身子还有些沉，但头已经不疼了，不想吐了，也退烧了。她隐约记得夜里出了好多汗，妈妈给自己换了衣服。

妈妈呢？

“哎呀，放那么多鸡蛋，太稠了。”厨房传来奶奶的声音。

美生起身，悄悄朝厨房看去。

妈妈和奶奶正在厨房忙碌着。

“啊，做蛋糕可真难。”

“是啊。对了，你怎么突然想起要做蛋糕啊？”

“哈哈，暂时保密。我呀，打算做一个非常漂亮的蛋糕，比蛋糕店里的还要漂亮。”

“啊，那也太难了吧。哟，还得再好好搅拌一下。黄油从冰箱里拿出来了吗？”

“呀，还没有。哎呀！烤箱还没预热。”

“瞧瞧，这样什么时候才能把蛋糕做好啊。”

“什么事都要练习嘛。以后，我每天早上都要练习做蛋糕。”

“好好好。”

听着奶奶和妈妈的对话，美生悄悄钻回被窝里。

一股香甜的气味飘了过来。

沐浴在灿烂的阳光里，听着小鸟的叫声，闻着香甜的气味，美生深吸了一口气。

保温器
250°C
三年级学生
日程表
的时间
妈妈的电话
诊所电话
TEA
面粉
吉冈牛奶
蛋糕的做法

世界
的律动
梦幻

医生小贴士

附录

医生是什么样的工作？

医生是一种治病救人的职业。发现病情、伤情，对患者进行治疗，拯救人们的生命，这就是医生的工作。

不同的医生负责不同的领域。比如，心外科医生主要治疗心脏病，妇产科医生负责解决孕妇孕期和产妇生产及产后的各种问题。

医生的工作场所也各有不同。有的医生在发生战争、灾害的国家和地区进行救治工作，有的医生像美生的妈妈一样，开着车在村子里出诊，也有的医生在大学和研究机构从事研究工作，比如获得诺贝尔生理学或医学奖的山中伸弥。从事医学研究工作的医生要研究未来治疗各种疾病的方法。这样的工作，不仅需要对生命、科学有深入的了解和强烈的探索欲，还要有坚强的毅力，不

怕失败。

所有医生的共同之处是，他们都希望能治好病人。对医生来说，这是最高兴的事情。

什么人适合当医生？

并不是学习能力强，就能成为一名好医生。只有愿意帮助遭受病痛之苦的病人，发自内心地体贴病人的医生，才会受到病人的爱戴，成为一名优秀的医生。

美生的妈妈在听病人说话时，非常耐心，态度和蔼。比如，她问病人："肚子疼吗？" 像这样真正关心病人的疼痛、不安，体贴病人，是当医生的基本要求。愿意和病人接触、交流，能够理解病人的心情的人，才适合当医生。

医生从早到晚都要忙于治疗工作，无论是精神上，还是体力上，都非常辛苦。所以，从现在开始，把身体锻炼得棒棒的，也很重要。

如何成为一名医生?

要想当一名医生，首先要报考医科大学（医学院）的临床医学、口腔医学、中医学等专业中的一种。考上医科大学（医学院）后，一般要进行至少五年的学习。

以医科大学（医学院）临床医学专业的本科生为例，在校期间，除了学习公共课程，还要学习人体解剖学、生理学、医学微生物学、病理学、药理学、诊断学等专业课程。毕业前最后一年，还要参加实习。毕业后，在医疗、预防、保健机构中试用期满一年，考核合格后，可以参加执业医师资格考试。考试通过后，可以获得医师资格

证。有了医师资格证，还得在卫生行政部门办理注册，获得医师执业证，才能从事医疗工作。即使当了医生，也得不断学习，关注医疗信息。

有些地区的医生数量严重不足，医疗条件差。但是，依然有很多像美生的妈妈那样的乡村医生坚守岗位，为病人服务。

在假期，有些地区的小学会组织学生去医院体验医生的工作。参加这样的活动，也是深入了解医生工作的好机会。

[日]浅野敦子

生于日本冈山县，曾获日本野间儿童文艺奖、小学馆儿童出版文化奖等。代表作有《投手和接手》等。

[日]本田亮

生于日本东京，插画家。代表作有《孩子的难题》《三把钥匙的门》《亮闪闪小姐》等。

图书在版编目（CIP）数据

我的妈妈是医生 /（日）浅野敦子著 ；（日）本田亮绘 ；田秀娟译. -- 北京 ：海豚出版社，2024.3

（有趣的工作）

ISBN 978-7-5110-6668-8

Ⅰ. ①我… Ⅱ. ①浅… ②本… ③田… Ⅲ. ①儿童故事－图画故事－日本－现代 Ⅳ. ①I313.85

中国国家版本馆CIP数据核字(2023)第207096号

著作权登记图字：01－2022－6021

我的妈妈是医生

[日] 浅野敦子 著

[日] 本田亮 绘

田秀娟 译

出 版 人 王 磊

责任编辑 张国良 白 云

特约编辑 董碧沙

美术编辑 王小喆

内文制作 张 典

责任印制 于浩杰 蔡 丽

法律顾问 中咨律师事务所 殷斌律师

出 版 海豚出版社

地 址 北京市西城区百万庄大街24号 邮编 100037

电 话 (010)68996147（总编室）

发 行 新经典发行有限公司

电话 (010)68423599 邮箱 editor@readinglife.com

印 刷 北京奇良海德印刷股份有限公司

开 本 889mm×1270mm 1/32

印 张 25

字 数 300千

印 数 5000

版 次 2024年3月第1版

印 次 2024年3月第1次印刷

书 号 ISBN 978-7-5110-6668-8

定 价 208.00元（全十册）

如有印装质量问题，请发邮件至 zhiliang@readinglife.com

我的邻居是消防员

有趣的工作

[日]佐川芳枝 著 [日]青山雄一 绘 袁秀敏 译

海豚出版社
DOLPHIN BOOKS
CICG 中国国际传播集团

山本翔正准备开门，忽然听到有人说话：“喂，小家伙，今天提前放学啦？”

他回头一看，一个年轻的男人正站在那里看着自己。

这是谁啊？他突然想起来妈妈好像说过，隔壁新搬来一位柏木町的消防员。

柏木町就在小翔家所在的樱花台的附近。

小翔没有作声，迅速低下头，走进家里。

家里只有他一个人。他进屋坐下，感觉膝盖火辣辣的。看着膝盖上擦破的伤痕，一股懊恼涌上他的心头。

这个时候，说不定班主任佐藤老师已经知道他不在学校，正大发雷霆呢。

算了，不管这些了，反正自己再也不想上学了。

这时，开门的声音响了。伴随着一阵脚步声，妈妈走了进来。她将双手搭在小翔的肩膀上，问：“你是不是自己跑回家的？老师给我打电话了。为什么要这么做呀？”

“我不想上学了。”

“这不是说傻话嘛。告诉妈妈，在学校里发生什么事了？”

妈妈看着小翔的脸，语气稍微缓和了一些。

但是，小翔紧闭双唇，什么也不说。

上小学三年级的小翔，自尊心非常强。被女生欺负这种事，他可说不出口。

“唉——”妈妈叹了口气说，“明天早上我们一起去学校吧。老师和同学们都很担心你，我们得让老师知道你已经回家了。”说着，她掏出了手机。

“他们才不会担心我呢。他们只是觉得我可笑而已。”小翔在心里嘀咕。

这一切要从今天的体育课说起。上体育课时，老师说：“下个月要开运动会，我们练习接力赛跑吧。”小翔和跑得最快的女同学岛崎友香分到了同一个队。

“哎呀，竟然有山翔（山羊），真是糟糕透顶！”岛崎大声说。

小翔跑得慢，就算拼命地跑，还是会掉队。所以，他所在的队常常输掉比赛。

接力赛开始了，队员们奋力地跑，排名第二。可是，小翔刚要接棒，接力棒“啪嗒”一声掉在了地上。

于是，一眨眼的工夫，他们队就变成了倒数第一名。

接力赛结束后，岛崎懊恼地说：“都怪你，我们才会输。”说完，还朝小翔的膝盖后面踢了一脚。小翔扑通一声，跌倒在地上。

羞愧至极的小翔朝教学楼跑去。他进了教室，抓起书包和衣服，跑回了家。

第二天早晨，妈妈喊小翔起床。小翔却一直躲在被窝里。

他感觉昨天摔倒时，大家的嘲笑声和膝盖的疼痛依然没有消失。

下个月有最讨厌的运动会。如果不去上学，就不用参加运动会了。小翔这样想着，到了该去上学的时间，他干脆撒谎，说自己肚子疼。

第二天和第三天，他用同样的借口不去上学。妈妈好像去找老师谈话了，却什么都没有告诉小翔。她难过地看了看小翔，就出门上班了。三年前，和小翔的爸爸离婚以后，她就在附近的超市工作。

这天，阳台上传来“咯噔”的声响。小翔朝那里一看，发现隔壁的男人正站在他家的阳台上。

听说那个人是消防员。他不会是个小偷吧？小翔有点儿害怕，正想躲起来，那个人指了指手里的东西，招手让他过去。

小翔战战兢兢地走近窗户，听到那个人说：“它躲到你这里啦，我过来抓它。”只见他手心里托着一只小鸟。小翔打开窗户，那个人连忙说：“吓到你了吧，不好意思。”

“哇，是文鸟。”小翔激动地说道，他很喜欢小动物。

“我稀里糊涂的，忘了窗户还开着，正准备给它喂食，它却飞了出来。总算逮着它了，太好了。小家伙，你为什么现在还在家里，没去上学呢？”

小翔不作声。

“你上几年级啦？”

“三年级。”

“你生病了吗？”那个人又问。

小翔准备关窗户，手却被紧紧地按住了。

“哦，原来是个逃学的小家伙啊！”

被对方猜中，小翔低下了头。

“如果不愿意去上学，也没关系。我也有过这样的经历。”

小翔愣住了。

那人继续说：“对了，你白天在家正好。我去上班的时候，你能帮我给皮皮换水、喂食吗？”

原来那只文鸟的名字叫皮皮。

“可是……”

这时，皮皮“啾啾”地叫起来，望着小翔。

看到它那可爱的眼睛，小翔不好意思拒绝，用力点了点头。

“我叫高濑和人。你就叫我和叔叔吧。你叫什么名字？”

“山本翔。”小翔回答道。

“好，那这么定了。小翔，来我家吧。”说着，和叔叔腾地一下跳回隔壁的阳台上。

小翔也去了隔壁。和叔叔教他喂皮皮的方法，然后说："这是我家的钥匙。我是消防员，要从明天早晨工作到后天早晨。我不在家的时候，就拜托你帮我照顾皮皮吧。"

"嗯，知道了。"小翔回答道。

去隔壁家的事，小翔没有告诉妈妈。因为妈妈肯定会说，既然他能照顾小鸟了，就应该去上学。

第二天，小翔刚走进和叔叔家，皮皮就像在等他一样，“啾啾”地叫起来。他按照叔叔教的方法，给皮皮喂食、换水。

他环顾屋子，发现架子上的相框里有张照片，是一个穿橘色防火服的男人和一个比自己大一点儿的男孩儿的合影。

照片上的男人健壮魁梧，很像和叔叔。男孩儿剃着光头，身材瘦瘦的，一副马上要哭出来的可怜相。小翔心想，这是谁呀。但他不能在和叔叔家待太长时间。妈妈有时会往家里打电话，他得赶快回到家。

第二天早晨，“叮咚”，门铃响了。小

翔开门一看，是和叔叔站在门前。

“啊，你回来啦。”小翔说。

“我刚回来。你妈妈让我把这个给你。她本来想亲自给你，可是没时间回家，又有些着急，所以让我转交给你。”说着，他递过来一封信。

小翔看了看信封，是班上的同学集体写给他的信。他向和叔叔道谢，收下了信。

“谢谢你帮我照顾皮皮，要不要来看看它？”和叔叔笑嘻嘻地说。

小翔来到隔壁，皮皮看上去心情很好，叽叽喳喳地叫着。

“打开看看吧。”和叔叔指着信封说。

信封里装着的是用画纸写的信。一看到岛崎的名字，小翔就把信放了回去。

“怎么啦？在学校里发生了什么事？”和叔叔看着小翔问。

小翔默不作声。

和叔叔站起来，把相框拿了过来说：“你看，这个小孩儿是我，大人是我爸爸。”

“咦，这个是你吗？”眼前魁梧的和叔叔，怎么看都不像照片中那个咧嘴要哭的男孩儿啊。

“这是我上小学五年级时和爸爸一起照的，是最后一张合影。都已经过去十五年啦。”

“最后一张合影？”

“嗯，后来，爸爸在火灾现场因为救人牺牲了。”和叔叔望着远方说道。

在火灾现场牺牲，一定又热又痛苦吧。小翔想着，不禁打了个哆嗦。

“爸爸葬礼的时候，来了很多消防员叔叔，大家边哭边敬礼，向他做最后的告别。看到那个场面，我下定决心，将来也要做消防员。”

可是，这些和我有什么关系呢？大人们老是说些让人听不懂的话，小翔想。

和叔叔又指着照片说：“我那时很瘦小，是个听到消防车的声音就要哭的胆小鬼。而且我跑不快，打棒球、踢足球时总是出错，是个没出息的家伙。”

“和我一样……”小翔说。

“是吗……”和叔叔将他的大手放在小翔的头上。

小翔感觉和叔叔的手热乎乎的，眼泪忍不住夺眶而出。说实话，在不上学的这一个星期里，他一点儿也不开心。

时间一天天过去，他感觉身体里好像堆积着一摊黑泥，越来越沉重。只有帮和叔叔照顾皮皮时，他才稍微放松了一点儿。

“能不能说给我听听？”和叔叔说着，递给小翔一块毛巾。

小翔的眼泪顿时如洪水般涌了出来，“吧嗒吧嗒”地滴在地板上。

他用毛巾擦了擦脸，把之前在学校发生的事说了出来。

“原来是那个叫岛崎的女孩儿欺负你。”

“嗯……玩投球游戏的时候，她瞄准我的脸使劲儿地投，有时还故意用力把我撞倒。十月又要开运动会了，我不想去上学了……”

"因为这个你就不去上学，真是得不偿失呀。"

"为什么？"

"上学总有一些开心的事吧，比如郊游、品尝学校的美食、去海边夏令营呀。要是你一直待在家里，就会错过那些开心的事。"

小翔的脑海里马上浮现出五月去郊游时的情景：在水族馆看各种各样的鱼，在公园里吃便当，和好朋友原田、远藤互相交换零食。

小翔轻轻地点头。

“所以啊，如果是我，就先学会改变自己。虽然我们没办法让那个叫岛崎的家伙改变爱欺负人的性格，但是我们能改变自己，对吧？”

“改变自己？”

“是啊。我上五年级的时候，决定长大后要当消防员。但是妈妈说我身体很弱，是不可能实现愿望的。也许她是不想让我从事危险的工作吧。”

和叔叔的眼睛看上去有些湿润。小翔已经不哭了。

“爸爸的一个下属来我家的时候，我告诉他我想当消防员。他对我说，要先锻炼好身体，吃饭不要挑食。跑得慢的话，就要努力练习跑步。”

“但是，也有人像我一样，天生就跑得慢呀。”

“确实如此。但是只要努力，肯定会比现在跑得快。被别人欺负了，就夹着尾巴逃跑，也太丢人了吧。”

被和叔叔批评后，小翔低下了头。

“我听了爸爸下属的话，开始喝曾经讨厌的牛奶，坚持多吃蔬菜。我家附近有一所中学，田径队经常在学校操场训练。我就去看他们训练,学他们跑步。‘你为什么每天都来看啊？’他们问我。我告诉他们爸爸的事。大家知道后，开始

教我跑步的方法。就这样，我在运动会跑步比赛中得了第一名。只要肯努力，就会有回报。”

“是吗？”

“收到这封集体信正是个好机会。你明天去学校后，就大声地说：‘谢谢大家的集体信！’大家听了会很高兴的。”

“但是，岛崎……”

“不要在意她。要是她再踢你，你就勇敢反击。再说，你还有我呀。”

皮皮也“啾啾”地叫着，好像在说“对啊，对啊”。

“我还有和叔叔撑腰呢。”说着，小翔感觉身体里堆积的黑泥在一点点减少，全身好像有了力气。

“好吧，你明天去上学。放学后，和我一起跑步。一言为定哟。”

“我知道了。一言为定。”

小翔说着，捡起掉在地板上的集体信，读了起来。

傍晚，小翔对下班回家的妈妈说：“从明天开始，我要去上学了。”

妈妈什么都没说，紧紧地抱住小翔。

3-1

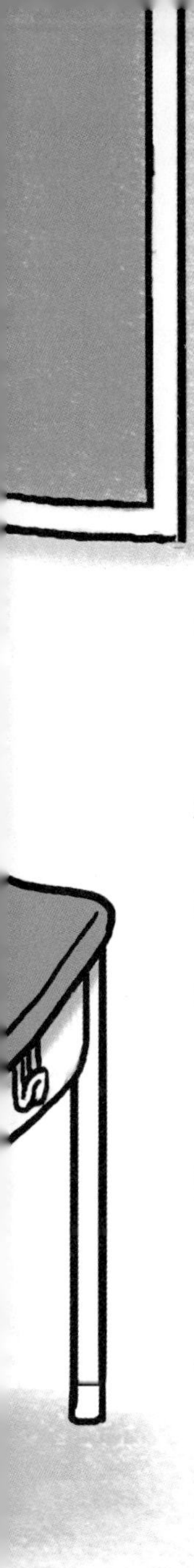

第二天早上，小翔来到学校时，大家叽叽喳喳的，教室里热闹极了。

小翔按照和叔叔教的，大声说道：“谢谢大家的集体信！”

原田听到，过来说：“山本翔，你终于好起来了，真是太好了。我好几次都想去看你呢。”说着，拍了拍小翔的后背。

就在这时，上课铃响了，佐藤老师进来了。

他看到小翔后，高兴地点了点头，开始点名。

“好，今天大家全都到齐了呀。”

听到佐藤老师爽朗的声音，岛崎瞪着小翔，轻蔑地哼了一声。

“我有和叔叔撑腰呢。”小翔暗暗想着，瞪了回去。岛崎吃了一惊，避开了他的眼神。

时隔那么久，再次回到学校，真开心呀。午餐是小翔很喜欢的咖喱饭，甜点是布丁。课程表上是小翔喜欢的语文、

画画和手工课。真的像和叔叔说的那样，有很多快乐的事啊。

傍晚，小翔跟和叔叔在河堤上跑步时说：“上学真开心。”

“是吗？那太好了。”和叔叔咧开嘴哈哈大笑起来，大步往前跑着。

努力跟随和叔叔的脚步，真累呀。

和叔叔回头望了望快要喘不过气来的小翔，说：“我们去河边休息一下吧。”在长椅上坐下后，和叔叔说：“我明天早上要值班，你放学后能不能再帮我照看一下皮皮？”

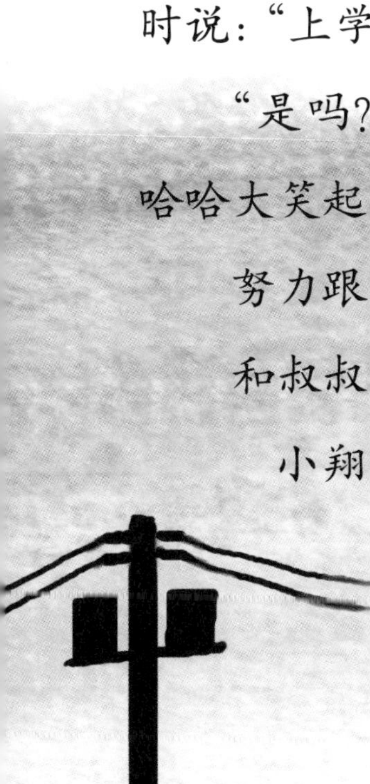

“值班？”

“在消防队里，大家都要轮流值班。我今天休息，明天早上七点半要去消防队，八点半交接班后，就轮到我值班了，需要二十四小时都待在消防队里。今天值班的人，明天就休息了。”

和叔叔的工作是隔一天换一次班。“没有火灾或者不需要救援车出车的时候，消防员在做什么呢？”小翔问道。

“救援车出车的时候比较多，火灾倒不会那么频繁。但是，交通事故和地震、水灾等随时有可能发生。为了能及时出动，我们要提前做好准备。准备工作很重要，就好像是上学，头一天晚上就要把第二天上课需要的东西准备好，先放到书包里，而不是等第二天早上才慌慌张张地收拾。只要提前做好准备，丢三落四的事就会减少。”

“是啊。”

和叔叔说了跟妈妈一样的话。

“我和值班的同事交接班后，要检查工具。现在，我来考考你，我的工具是什么呢？”

突然被和叔叔这么一问，小翔犹豫道：“这个嘛……灭火的时候要用水管。”

“哈哈哈，光有水管肯定不行呀。你得说是消防车。”

“哇，太棒了，竟然是消防车。”小翔两眼放光地说。那红色的大车竟然是和叔叔的工具，太厉害了。

和叔叔点点头说：“先检查消防车的发动机和轮胎，再检查水管、空气呼吸器等。空气呼吸器是在火灾现场使用的防毒面具，带有压缩空气瓶。任何一个环节的疏忽，哪怕只断了一根绳子，都可能危及生命，所以必须仔细检查。”

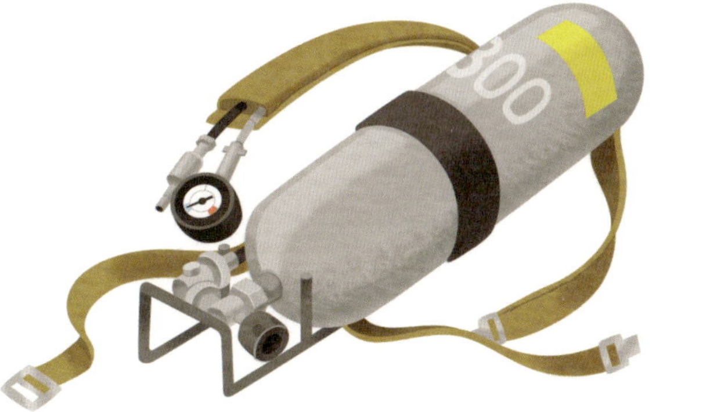
300

和叔叔说话的样子，就像是消防车在他眼前一样。

“是呀，这和上学不太一样，万一忘了什么东西，可就不得了了呀。”

“喂喂，去上学也不能丢三落四呀。”

被他这么一说，小翔想，以后也要提前一天按照课程表准备好东西。

“检查完毕，还要打扫办公场所。”和叔叔说。

“消防员的全部工作都要按规定来做啊。”小翔感叹道。

“是呀，就像一听到‘火灾通知，火灾通知，某某街道建筑物发生火灾’这样的出动命令，就要马上穿上防火服，一边跑一边戴上防护帽，坐上消防车。然后在地图上确认火灾地点，鸣响警笛，驶向目的地。”

“好帅啊。”

第一次了解消防员现场作业的情形，小翔的心情非常激动。

“那个时候，我们满脑子想的都是什么东西引起了火灾，还有风向和消防栓的位置。一边预测可能发生的各种事情，一边把消防车开得更快。但是，最重要的还是马上确认是否还有人被困在火灾现场。如果没有人受伤，我们就放心了。”

“消防员的工作真是不容易呀。”小翔听完，叹了口气。

“是呀，在工作现场，我们丝毫不敢松懈。听我同事说，他每次出家门的时候，都会对妻子或者孩子说：‘爸爸不会有事的，一定会平平安安地回到家里。’”

在火灾中失去父亲的和叔叔，一脸严肃地说。

这时，河对岸的晚霞渐渐扩散开来。

“好了，回去吧。下次我教你在运动会上获胜的跑步技巧。我觉得你的运动细胞没那么糟糕嘛。”

“真的吗？”

“没问题的。要对自己有信心。”

和叔叔说完，飞奔起来。小翔也拼尽全力在后面追。

星期天，两人按约定来到河边后，和叔叔拿着秒表对小翔说："你先试着从这里跑到那边的长椅那里吧。"

和叔叔一直观察拼命往前跑的小翔，纠正他起跑的姿势、手臂摆动的姿势，以及抬腿的姿势。小翔照着他教的方法，又试着跑了一次，时间果然缩短了。

小翔很吃惊，不停地眨眼。

和叔叔对他说：“只要努力，你肯定可以的，要对自己有信心。对了，哪天开运动会？”

“十月十一日，那天是星期天。”

“还有三个星期。你练习跑步的同时，还要进行形象训练。试着想象自己跑到终点撞线的样子，这非常重要。运动会那天，我会去给你加油助威。”

听了和叔叔这番出人意料的话，小翔腾地一下跳了起来。如果和叔叔去为自己加油，他肯定会更努力的。

“好啦，接下来我们向着目标前进。”

小翔感觉，不想上学仿佛是很久之前的事了。看到这样的小翔，和叔叔欣慰地笑了。

运动会那天，天气晴朗。一大早，学校就开始播放热闹的音乐。去年开运动会那天，一听到音乐声，小翔的心情就很沮丧。今年就不一样了。运动会前，他每天都练习跑步，让和叔叔教自己跑步的技巧。

结束训练时，和叔叔说："真期待看到你的训练成果呀。"

三年级的 80 米赛跑是下午的第三项比赛。

小翔向观众席看去，在帐篷旁边发现了妈妈的身影。但是，他没有看到和叔叔。也许和叔叔还没有来吧，再不快点儿，比赛就开始了。

他正东张西望的时候，广播响起了："接下来是三年级的 80 米赛跑。"

观众席上传来“加油”的声音，可并不是和叔叔的声音。

比赛刚开始，小翔的心跳就加速了。果然还是紧张啊。他站在起跑线上，心里默念着“我做好了充分的准备，肯定没问题”。

枪声响起的瞬间，他飞奔出去。旁边的选手跑得很快，但小翔也不甘落后。

高抬腿，脚蹬地，转弯的时候，速度稍微放慢一点儿，不要摔倒。这些都是和叔叔教的。

到终点啦！

　　小翔获得了第二名。他朝妈妈望去，只见她一边用手绢儿捂着眼睛，一边朝小翔挥手。

　　小翔举着代表第二名的绿色旗帜时，岛崎张大嘴巴看着他。

小翔虽然没得第一名，但是第二名也是他至今最好的成绩。满心欢喜的小翔去找和叔叔，连观众席的后面都找了，还是没有找到。

和叔叔失约了，怎么回事？该不会发生什么意外了吧。小翔不由得担心起来，垂头丧气地走着。

“樱花台三丁目的食品加工厂好像着火了，快看，直升机在飞。”

“啊，真的。那里离住宅区很近，不得了了。”

听到家长们的议论，小翔仔细听，真的听到了警笛声，还看到直升机在天上飞。

和叔叔虽然是柏木町的消防员，但是发生重大火灾的时候，也会前去支援，所以他才没能来呀。小翔这么想着，正要回到学生席去，听到有人说：“小翔，你真棒。”他回头一看，是妈妈站在那里。

禁止进入

“你看到和叔叔了吗？”他问妈妈。

“这个嘛，我也找了，但是一直没看到他。”妈妈似乎有点儿过意不去。

小翔打算等运动会结束后，就去三丁目那里看看。说不定和叔叔就在火灾现场。

火灾现场挤满了围观的人。工厂里浓烟滚滚，有消防员正在喷水。空气里弥漫着一股烧焦的味道，被焚烧的文件、报纸和灰屑飘飘洒洒的。

小翔穿过围观的人群，走到防护围栏跟前。

虽然之前听和叔叔说过，但真正看到火灾现场，他还是吓得腿发抖。

“危险，离远点儿。”消防员严厉的声音传来。

工厂旁边的居民楼也在冒烟，有人站在阳台上等待救援。

和叔叔在不在啊，小翔伸长脖子张望，可是消防员都是同样的装束，根本分不清谁是谁。

这时，小翔旁边出现一个女人。“求求你们了，快点儿把我奶奶救出来吧！”她哭喊着。

她刚才应该是出门买东西了，手里还提着百货商店的购物袋。

一位消防员安慰她：“放心吧，我们马上就去救她。是在三楼的屋子吧？”

“老人跑得慢呀。”

“太可怜了。但愿不会有事。”

大家都忧心忡忡地看着冒浓烟的屋子。这时，三楼的窗户出现了消防员的身影。消防员抱着一位老奶奶，老奶奶怀里紧紧搂着什么东西。

围观的人群欢呼起来。

“奶奶没事了。毛毛也在呢。”那个女人跳起来说。

抱着小猫咪的老奶奶从云梯车上下来了。那个女人连忙跑上前去。

“你们都没有受伤吧？”消防员用温和的声音问道。

周围响起了雷鸣般的掌声。那个女人满脸是泪，把老奶奶和小猫咪紧紧地搂在怀里。

“和叔叔！”小翔朝那个消防员喊道。那个消防员朝这边看了一眼，举起一只手。

“嗨，我得了第二名！”小翔大声说。

和叔叔没有说话，点了点头。

第二天，学校放假了。妈妈去上班后，小翔把运动鞋晾在阳台上。

“小翔，来我家吧。”是和叔叔的声音。

小翔急忙去了隔壁。和叔叔还是一副精神饱满的样子。“昨天没能去看你赛跑，真对不起。我刚要下班，就接到了火灾通知。你居然得了第二名，很厉害呀。干得漂亮！”他一边说，一边摸摸小翔的头。

“多亏了你的秘密训练呢。和叔叔，你救老奶奶和小猫的时候，真是太帅了！”小翔说。

“哪里哪里，这是我的工作呀。那些用钱买不回来的纪念物，还有很重要的东西，如果变成了灰烬，该多让人伤心呀。看着大火后的废墟，就会感受到火灾的可怕。”

听到这里，小翔想象自己的书包、课本、超喜欢的游戏机和书都变成灰烬的情景，那种感觉真是太痛苦了。

“救那只小猫咪毛毛的时候，还真有点儿麻烦呢。”和叔叔苦笑着说。

“咦？老奶奶不是紧紧地抱着毛毛吗？”小翔说。

“哎呀，动物害怕火和烟，会躲起来。

当时，老奶奶对我说：‘屋里有一只小猫，救救它吧。’但是，我看不见它的踪影。‘毛毛，你要是死了，奶奶会伤心的。快点儿出来哟。’老奶奶喊了好久，毛毛才出来。”和叔叔说。

“咦？难道毛毛能听懂人类说的话？”

小翔的眼睛睁得圆圆的。

“只要用心说的话，动物也能听懂。是吧，皮皮？”和叔叔说。

皮皮被从笼子里放出来了，它高兴极了，“啾啾”地叫着，在屋子里飞了一圈又一圈。

小翔一看，阳台上的窗户还开着呢。

“啊，要是皮皮飞出去就麻烦啦。”

小翔连忙关上了窗户。

“没事的，皮皮很聪明，不会飞出去的。”和叔叔说。

皮皮也“啾啾”地叫着，好像在说“是的，是的”。

“咦？可是，和叔叔，你之前不是说皮皮飞到我家阳台上了吗？”小翔疑惑不解地问。

“啊？有这回事吗……”

和叔叔脸红了，磕磕巴巴地回答着，看上去怪怪的。

看到小翔盯着自己，和叔叔不想再装下去了，说道：“喂，别那样看着我。我跟你说实话吧。”

“实话？”

“实际上，皮皮逃跑是我为了认识你而演的戏。”

“你竟然在演戏！”小翔大声地喊。

“嗯，你不去上学之后，有一回我在电梯里碰到了你妈妈，她为你的事急得不知如何是好。于是，我对她说：‘交给我吧！’”

听到这里，小翔为那时的自己感到羞愧，默默地低下了头。

“我本来想一直保密的，可自己说漏了嘴，真没办法。”和叔叔说着，有点儿不好意思地挠了挠头。

“不过，和叔叔，你真厉害啊。竟然想到利用皮皮，一般人还真想不出来呢。”小翔说。

“哈哈哈，用力量和智慧来救人是消防员的使命呀。从现在起，我们还有另外一件非常重要的事情。”

和叔叔的眼睛一下子亮了起来。

“啊？什么事情？”

“那就是要爱惜自己。如果失去生命，就什么也做不了了。所以每天都要好好地生活。”

小翔把和叔叔的话记在心里。

“我不去上学的那段日子，确实没有好好珍惜自己。但是，你和皮皮一起帮助了我。”

小翔说："和叔叔，我会爱惜自己，再也不逃学了，要和欺负自己的家伙斗争到底，要多运动。还有……"

"还有什么？"

"啊，没什么了。我得赶紧走了。我和小伙伴们约好了去公园玩儿。"

小翔精神饱满地站起来。

“是呀，和朋友们一起玩儿吧。”

和叔叔露出一口洁白的牙齿，高兴地笑了。

“我要像和叔叔那样，成为身体强壮又善良的消防员。不过，这个梦想要暂时保密。为了不让妈妈担心，在变得很强壮之前，我要先把梦想放在心底。”小翔这样想着。

皮皮在小翔的头上“啾啾啾”地叫着，像是在给他加油。

消防员小贴士

附录

消防员是怎样工作的？

在中国，每个城市都设有消防队，约有几十万名消防员坚守岗位。除了发生火灾的时候出去灭火，消防员还要负责协助突发疾病的病人去医院的急救工作，以及发生事故或者灾害时帮助受困人群的救助工作。在各个消防队，大家都各司其职。

火灾发生后，接到 119 报警电话，消防总队会将出动的命令下达到各消防队。水泵队、云梯队、急救队等第一时间抵达现场，实施灭火的同时，救助来不及逃离的人。

消防员要背负总重量约 20 千克的消防器材，在非常艰苦的条件下，为了救人而奋力工作。现场的状况千变万化，因此，确定迅速奔赴现场的路线、确定消防栓的位置，以及搜集最新的信息、推测各种各样可能出现的

状况，这样的训练必不可少。

为了在事故、水灾、地震、山中遇难等特殊的现场施展身手，消防队会进行非常严格的训练。有些城市的消防总队还会配备消防直升机和消防船。

国外发生重大灾害的时候，作为国际紧急救援队的一员，中国国际救援队也要奔赴国外现场进行救援。

预防火灾、防患于未然也是消防员重要的工作。为了防止学校、商业大厦、住宅等发生火灾，将损失降到最小程度，消防员要对建筑物进行检查，并现场指导。

什么人适合当消防员？

消防员做着关乎生命安危的重要工作。身体健康、精神饱满又踏实肯干的人，最适合做消防员。另外，有能够经受住训练的坚强信念，并且严守纪律、有正义感的人也适合当消防员。

因为每次都要面临不同的状况，为了能够集全队之力行动，时刻想着队友、共同协作的团队精神也是不可或缺的。

消防员的分工有驾驶员、火场指挥员、通讯员等，无论在哪个岗位上，他们的职责都是为人民服务。

消防员的工作不分性别，男女消防员都很厉害。

如何才能成为一名消防员？

要想成为一名消防员，有三种途径。

一是去消防部队服役，成为一名消防战士。二是去大型发电厂、石油化工企业、纺织企业等特殊企业当消防员。三是加入义务消防队，当一名义务消防员。

目前，中国的消防员大多为现役消防战士。在两年的服役期内，消防战士要锻炼体能，熟悉消防器材，学习消防技能，参与救灾工作。

不管是哪种消防员，都在尽职尽责地工作，守护着我们的生命和财产安全，让我们的生活无忧无虑。

[日]佐川芳枝

生于日本东京，儿童文学作家。代表作有《我是寿司屋的第三代传人》，以及“幽灵回转寿司”系列等。

[日]青山雄一

生于日本岐阜县，插画家。曾就职于设计公司，后成为自由职业者。

图书在版编目（CIP）数据

我的邻居是消防员 /（日）佐川芳枝著 ；（日）青山雄一绘 ；袁秀敏译. —— 北京 ：海豚出版社，2024.3
（有趣的工作）
ISBN 978-7-5110-6668-8

Ⅰ. ①我… Ⅱ. ①佐… ②青… ③袁… Ⅲ. ①儿童故事－图画故事－日本－现代 Ⅳ. ①I313.85

中国国家版本馆CIP数据核字(2023)第207093号

著作权登记图字：01—2022—6021

我的邻居是消防员
[日] 佐川芳枝 著
[日] 青山雄一 绘
袁秀敏 译

出 版 人 王 磊

责任编辑 张国良 白 云
特约编辑 董碧沙
美术编辑 王小喆
内文制作 张 典
责任印制 于浩杰 蔡 丽
法律顾问 中咨律师事务所 殷斌律师

出　　版 海豚出版社
地　　址 北京市西城区百万庄大街24号 邮编 100037
电　　话 (010)68996147（总编室）
发　　行 新经典发行有限公司
电话 (010)68423599 邮箱 editor@readinglife.co
印　　刷 北京奇良海德印刷股份有限公司
开　　本 889mm×1270mm 1/32
印　　张 25
字　　数 300千
印　　数 5000
版　　次 2024年3月第1版
印　　次 2024年3月第1次印刷
书　　号 ISBN 978-7-5110-6668-8
定　　价 208.00元（全十册）

如有印装质量问题，请发邮件至 zhiliang@readinglife.com

还有一个邻居是警察

有趣的工作

[日]如月和佐 著
[日]田中六大 绘
袁秀敏 译

海豚出版社
DOLPHIN BOOKS
CICG 中国国际传播集团

“小家伙，等一下。”

我刚和朋友打完篮球，正在回家的路上，突然被人叫住了。

嘎吱！我停住自行车，回头一看，一位派出所的巡警正朝我走过来。

他身穿藏青色的制服，戴着同样颜色的帽子，看上去非常年轻。

咦？难道是我犯错了吗？还是头一次被巡警叫住呢。我的心扑通扑通地跳着。

那位巡警亲切地对我说：“你的自行车车灯没有开。天黑了，不开车灯很危险呀。”

哎呀，我忘开车灯了！我一边向巡警说“对不起”，一边连忙打开车灯。

当我再次骑上车子的时候，听到巡警小声嘟囔了一句。

“咦？你该不会是……”那位巡警一脸惊讶地看着我。

我的肚子饿得咕咕叫，只想赶快回家吃晚饭。所以，我没有在意那位巡警的反应，蹬着自行车，准备离开。

可是，他又把我拦住了。

“喂，等一下。你这小孩儿骑车太莽撞，不能就这么让你回家。”

“咦——”我抬头看着巡警。只见他从腰带上的包里拿出银光闪闪的手铐。

“你被逮捕了，老老实实把两只手伸到前面来。”

“啊？”

逮捕别人是这么随意的事吗？更重要的是，万一被捕了，晚饭就泡汤了！今天的晚饭可是我最爱吃的咖喱饭呀！

“嗯……那个……警察叔叔，今晚我家要吃咖喱饭，所以，能不能下次……”我拼命地求饶。

他却“噗”的一声笑了。

我被他弄得晕头转向，他却收起手铐，向我道歉："不好意思，开个玩笑。既然晚饭是咖喱饭，这次就不逮捕你了。直人，你和以前一样还是个小馋猫。"

"咦？你怎么知道我的名字？"我惊讶地问。

"你不认得我了吗？"他说着，把帽檐掀了起来。浓密的眉毛、和蔼的眼神，看上去有点儿眼熟，他是……

我正想着，他敬了个礼，然后紧握右手，向前出拳。那是我上幼儿园时喜欢的动画片《超甲刑警》里的招牌动作。

一看到这个动作，我马上就想起来了。“你是阿守哥！”

“哈哈，好久不见，直人。”

阿守哥还是和从前一样笑着，露出一排整齐的牙齿。

我上小学以前，阿守哥一直住在我家隔壁。那时，我妈妈和阿守哥的妈妈是好朋友，我和阿守哥也很要好。我上幼儿园的时候，总是缠着他陪我玩儿。

那时候，阿守哥读高中，功课肯定特别多。可是，不论我什么时候去找他，他从不嫌我烦，总是陪我一起玩儿。有时模仿科幻动画片里的英雄，有时在公园里玩投球游戏，你追我赶。

阿守哥长得特别帅，而且待人亲切。他的运动神经非常发达，高中时是风云一时的篮球队队长。我是受他的影响才开始学篮球的。

怎么骑自行车，怎么上坡，这些都是阿守哥教我的。当我遇到困难、伤心流泪时，阿守哥总会帮助我。

虽然他不像动画片里的刑警那样会变身，和凶恶的怪物搏斗，但上幼儿园的时候，我一直把他当作偶像。

“我刚到派出所上班，正想这几天去你家拜访呢。”阿守哥说。

阿守哥高中毕业后，进了警察学校。他在那里学习和训练，成了一名警察。

我本来想和阿守哥多聊几句，他却对我说：“你最爱吃的咖喱饭还在等着你呢。回家晚了，阿姨要担心的。咱们下回再好好聊聊。”

“一言为定！”

我和阿守哥约好后，就和他告别了。

POLICE

回家的路上，我很兴奋，既为和阿守哥久别重逢而喜悦，又为他当了警察而感到意外。

这简直就跟《超甲刑警》一样！阿守哥就是那个主角，不变身的时候也很帅！

阿守哥一定也像动画片里的警察那样，做着了不起的工作：勘查案发现场，寻找嫌疑人，开着警车追捕逃犯，举起手枪说“不许动，警察！”……

“哈哈哈，阿守哥好帅啊！”我一边骑自行车一边喊了出来。

阿守哥工作的派出所在我上学的那条路上。

从那天起，放学后，我经常去派出所附近看看，想再见到他。

但是，阿守哥却经常不在派出所。他会不会在哪儿调查案件，或者抓捕犯人呢？

每次朝派出所张望时，我都会想象着阿守哥大显身手的样子，不禁有些激动。

当我再次遇到阿守哥的时候，他既不是在抓捕逃犯，也不是在调查嫌疑人，而是在派出所门前被一个骑自行车的白发老爷爷训斥着。

"哼，我可是个守法的市民！把我当成偷车贼，亏你想得出来！"老爷爷怒气冲冲地说道。

看着阿守哥赔笑脸的样子，我心里很难受，就躲到了电线杆后面。

等骑自行车的老爷爷离开后，我叫了一声："阿守哥。"

阿守哥转头看到我，笑着敬了个礼，然后攥起拳头，向前出击，做出《超甲刑警》里警察的招牌动作。

阿守哥特别喜欢类似的节目，对英雄们的招牌动作、必杀技之类的都了如指掌。

尤其是《超甲刑警》，阿守哥和我都很喜欢看。

我上幼儿园的时候，和阿守哥见面打招呼的方式，就是一起做那个握拳向前出击的招牌动作。

因为刚才看到阿守哥被骂的样子后过于震惊，我竟然忘了用同样的动作回应他。

"阿守哥，你干吗要那样给人家道歉？"

"哦，那位老爷爷的自行车看起来有点儿奇怪，我猜有可能是赃物，就稍微盘问了一下。结果自行车是他本人的，所以我就被人家责骂了。不过，这也是常有的事。"

阿守哥耸了耸肩，看起来一点儿也没放在心上。

"常有的事"，意思是他经常像刚才那样吗？

我想问清楚，但如果答案和我想的一样，就太扫兴了。于是，我换了个话题。

“阿守哥，今天你没有去调查案件吗？”

“嗯？调查案件？”

“比如，在案发现场进行各种调查、搜集目击者提供的线索什么的。”

“直人，你把巡警和刑警弄混了。案件调查不是巡警的工作，而是刑警的工作。”

听到这里，我大吃一惊。

“难道巡警和刑警的工作不一样吗？”

“当然不一样。刑警是负责调查案件的警察；巡警是穿着我这样的制服，在派出所做调查案件以外的工作的警察。”

“调查案件以外的工作？”

“比如巡逻，就是我们代表性的工作之一。我们会开车在市区巡视，看看有没有人做坏事。”

“要是发现了坏人，你就拿出手枪警告他吗？”

“当然不会了。我们一般只会叫住他们问话。只有在训练的时候我们才会用手枪。”阿守哥一脸苦笑地说。

“还有，有人报警的时候，我们要第一时间赶到现场，这叫出警。有时，一天有很多起警情呢。”

“电视剧里演的那种抢劫案、杀人案，应该也会有吧？”

“这个嘛，很少有。像电视剧里那样推理作案手法、判定嫌疑人，不是巡警的工作。如果发生了那样的案件，巡警的工作就是在刑警到来之前保护现场。”

怎么这么没意思呀。

巡警的工作肯定不会总是这么没意思吧，这可是阿守哥在做的工作呀。

“还有呢？”

“我们还负责给人指路、失物寄存。此外，如果附近的居民有人吵架了，要去调解；谁家院子里出现一条大蛇，要去帮助解决；还要在派出所接受很多人的咨询。巡警每天可是忙得不得了呀。”

阿守哥看起来很自豪。

可是，我感到非常失望。原来，巡警的工作和我想象中厉害的工作一点儿也不一样啊。

我心里的阿守哥举着枪、追捕歹徒的飒爽英姿，一下子烟消云散了。

在那之后，我经常去派出所附近，偷偷观察阿守哥和其他巡警都在干什么。

难道真的没有更有意思的工作了吗？我满怀期待，但事实上真的没有发现他们做更惊险刺激的工作。

就像阿守哥说的那样，派出所巡警的工作，就是给人指路，站在派出所前和路过的人们打招呼，提醒用自行车载人的中学生注意安全。巡警也会和来到派出所的陌生老奶奶谈话，也许是接受老奶奶的咨询吧。

“好无聊呀……”

阿守哥为什么想当一名巡警呢？

我想不通，就去问妈妈。妈妈反问我：“你为什么会这么想呢？”

“我觉得巡警的工作太无聊了。像指路、失物寄存之类的工作，连我都可以做。阿守哥应该做更厉害、更适合他的工作呀。”

听我这么说，正在叠衣物的妈妈立即抬起头来，瞪着我：“你小子没有和阿守说这样不礼貌的话吧？”

“没，没有。”

“那就好。虽然巡警的工作确实有点儿单调无趣，但这是非常重要的工作呀。”妈妈严肃地说。

我连忙坐了起来。

“正因为巡警一直在巡逻，做坏事的人才会减少，我们才能安心地生活。为行人指路、失物寄存……如果巡警不做这些事，当大家遇到困难的时候，要找谁帮忙呢？会不会感到茫然无助呢？”

“这个嘛，说得也是……”

“况且，巡警的工作非常辛苦。阿守能主动选择这么辛苦的工作，我觉得他很了不起呀。”妈妈说道。

妈妈说着，看了看表：“再不快点收拾，篮球训练就要迟到了。”

“哎呀，不好了！”

我急匆匆地收拾好东西，骑着自行车出发了。

去体育馆的时候会经过派出所，我在派出所前停了下来。

我朝派出所里面张望，阿守哥正在认真地做工作记录。

看到阿守哥在一丝不苟地工作，我没有和他打招呼。

我重新出发，一边骑车，一边回想阿守哥工作时的样子。

确实如妈妈所说，巡警的工作非常辛苦。但是，我还是想不通阿守哥为什么要当一名巡警。

这天夜里，我被一阵很大的声响吵醒了。

在我家窗外的马路上，好像有人在叫嚷。唉，吵死了，这还怎么睡啊。我揉了揉惺忪的睡眼，把窗帘拉开一道缝，往楼下看。

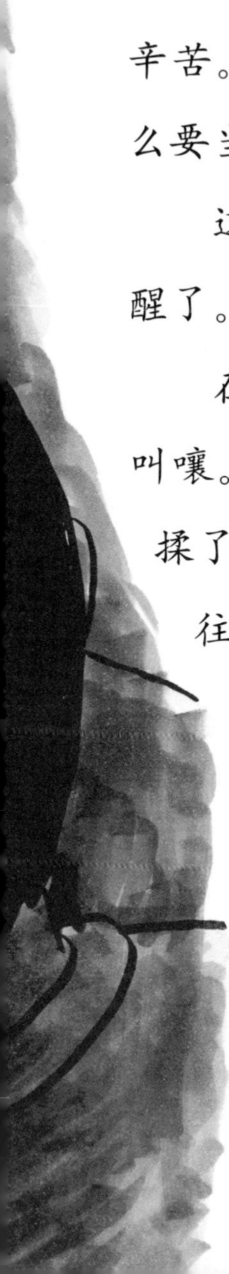

只见一个烂醉如泥的大叔，坐在马路上大声嚷嚷。他的行为很快引起一位巡警的注意。

那名警察扶起喝醉的大叔，准备送他回家。

借着路灯的光，我看到了警察的脸。

“啊，是阿守哥……”

我惊讶地注视着那张脸，转头看了一眼房间里的时钟。已经夜里十一点多了，就连总是晚归的爸爸也早就到家了。

目送骑着自行车远去的阿守哥，我不由得担心起来。都这么晚了，巡逻结束后他就可以回家了吧。

原来，巡警的工作比我想象的更辛苦啊。

我不禁同情起阿守哥来。

第二天一早，我在上学途中捡到一个亮闪闪的东西。

“咦，这儿怎么有个耳钉？”

那是一个镶着红色宝石的耳钉，看上去很昂贵。我拿着它，快步向阿守哥所在的派出所走去，准备上交。

“阿守哥应该还没到派出所吧？”我知道他昨天巡逻到很晚，不由得这样想。

派出所平常是几点上班、下班呢？这样想着，我走进了派出所。

阿守哥已经在工作了。他看上去非常疲倦，但仍在认真地记录着什么。

看到我进来后，他马上打起精神，亮出《超甲刑警》里警察的招牌动作，和我打招呼。

“阿守哥，这个耳钉是我在路上捡到的。”

“拾金不昧呀，谢谢你。我做一下失物登记，你等一下。”

我“嗯”了一声，把耳钉交给他。

平常，派出所里还有另外一位巡警，

但是今天似乎只有阿守哥一个人在。

阿守哥将一本新的登记簿从抽屉里拿出来，忍不住打了一个哈欠，然后不好意思地看着我。

看来他真是太累了。工作到那么晚，打瞌睡很正常嘛。

我试探着问他：“昨天晚上，我家附近有个喝醉的大叔吧？”

“噢，是呀……怎么，你那么晚还没睡吗？”

“那个大叔的叫嚷声太大，把我吵醒了。阿守哥，你送他回家后就下班了吗？”

“唔，没有。”阿守哥淡淡地答道。

难道从昨天到现在，他一直在工作吗?

我惊呆了。

阿守哥对我解释:“深夜也会有人打电话报警。为了应对突发事件，所以巡警是二十四小时工作的。”

“二十四小时？每天工作二十四小时吗？”

“每天工作二十四小时是不可能的。我们派出所的巡警，基本上每三天就有一天是连续二十四小时值班的。你看，只要有三个巡警轮班，派出所就可以一直对外开放。简单地说，如果一个巡警从第一天早上开始一直工作到第二天早上，第二天的工作结束后，就可以正常下班，第三天休息。”

“不过，到第二天的下班时间工作还没有结束，第三天也不能休息的情况也很多。”阿守哥补充道。

虽然阿守哥的语气很平静，但想一想他真是辛苦啊！二十四小时工作，更何况很有可能无法倒休。

“虽说你们是二十四小时工作，但总该有睡觉的时间吧？”

“是啊，一般可以在派出所里间的床上睡一会儿。因为昨晚我接了好几个报警电话，忙得没时间休息，所以让你看到我打哈欠啦。”阿守哥咧嘴笑着。

因为没有睡觉，阿守哥的脸色很不好，眼睛也有些浮肿。看着他的脸，我非常担心。

“好啦，能不能说得详细点，你在哪

里捡到耳钉的？”

“不着急，你还是先休息一会儿吧。你从昨晚到现在都没休息，只顾着工作，会累坏的！”我一个劲儿地劝他。

阿守哥没有这么做。他摸了摸我的头，说：“谢谢你，直人。但是，这就是巡警的工作呀。”

从阿守哥的表情中，完全看不到痛苦和难受，只有满满的自豪。看着他的样子，我不知道说什么好。

工作那么辛苦，为什么阿守哥还要当巡警呢？我很想问问他。

就在这时，一个气呼呼的声音传来。

“喂，警察！”

一个阿姨正抱着胳膊，站在派出所门前。

“你好，冬岛夫人。”阿守哥和那个阿姨打招呼。

冬岛夫人气愤地说：“我家小月还没有找到吗？它都已经失踪一周了。”

“不好意思，我巡逻的时候一直在找……”

小月好像是冬岛夫人养的一只小猫。它失踪了？

对了，我想起来了。附近的电线杆上贴着寻猫启事呢，上面画了一只额头上有月牙花纹的猫。

阿守哥解释道：“派出所人手不够，我只能在巡逻的时候找。”

冬岛夫人不依不饶，她嗓音尖厉，不断责骂阿守哥。

“那你现在怎么在派出所闲待着呢？你应该出去找我的小月呀。我都担心死了。要是小月有个三长两短的，可都是你的责任！”

阿守哥还是一直低头道歉，就像被骑自行车的老爷爷训斥时一样。

冬岛夫人是无理取闹，为什么阿守哥还要道歉呢？我感觉就像自己被责骂一样，特别委屈，一股怒火涌上心头。

“道歉有什么用？要是知道错了，就该马上去找我的小月！”

冬岛夫人还在叫嚷着，我实在忍无可忍，站到她面前。

“住口！”我瞪着她，大声说，“阿守哥工作已经很辛苦了。你干吗要这么欺负他？”

冬岛夫人吓了一跳，嘴巴张开又闭上了。

虽然阿守哥一直拦着我，但是我没有停下来，连珠炮一样怒斥冬岛夫人。

“您那么担心自己的猫，就自己去找呀。巡警的工作很辛苦，不仅要巡逻，还要接报警电话！您都这么大年纪了，这点儿事都不明白，真笨！”

“直人！”我被一声训斥吓到了，转过头发现阿守哥瞪着我。

“说话不能这么没礼貌。快给冬岛夫人道歉。”

阿守哥怎么能批评我？我是在为他打抱不平呀。

我强忍着在眼里打转的泪水，狠狠瞪了一眼阿守哥，什么也没说，就从派出所跑了出去。

如月会计事务所
右转
123-45
寻猫启事
名字：小月
一喊它"小月"
它就"喵喵"叫

阿守哥追出来叫我，我还是头也不回地继续往前跑。

这件事已经过去五天了。那天以后，我再也没有去过派出所。

我并不是因为被阿守哥责备而耿耿于怀，而是因为自己竟然说冬岛夫人笨，实在太不应该了。可是，我不想向她道歉，也不愿意去见阿守哥。

篮球训练结束，我骑车回家。在等红灯的时候，我看了一眼电线杆上的寻猫启事，也就是冬岛夫人贴的寻找小月的启事。

“冬岛夫人该不会每天去派出所吧……”

如果是那样的话，阿守哥也太可怜了。

我能为阿守哥做点儿什么呢？

我正要骑自行车离开，突然从前面一户人家的院子里跑出来一只猫。

它的额头上有个月牙一样的花纹。我急忙又看了一眼寻猫启事上的照片。没错，它就是失踪的小月！

“别跑！”

眼看小月就要跑掉了，我拼尽全力蹬着自行车向前追。

只要抓住那只猫，阿守哥就再也不会被冬岛夫人欺负了。我满脑子想的都是这件事。

小月逃到了一个游人稀少的公园。我把自行车一扔，就追了过去。只见小月噌噌地爬上了对面的树，从树枝上往下看。

虽然我很会爬树，但是小月待的树枝比我家的两层楼还要高。

太危险了。要是从那么高的地方掉下来，肯定会受伤。

可是，想到阿守哥工作那么辛苦，我真的想为他做点儿什么。

于是，我冒冒失失地爬上树干，站在树枝上。

小月一动不动地待在原来的那根树枝上。

“别动呀……”

我慢慢靠近小月。突然，它朝我跳了过来。

我“哇”地叫了一声，连忙往后退，不小心脚底一滑，从树枝上掉了下来。

“啊——”

在自己的叫喊声中，我隐约听到有人喊我的名字：“直人！”

紧接着，有一双手臂牢牢地接住了我。

最先映入我眼帘的是藏青色的制服。我马上松了一口气，抬头一看，果然是阿守哥！

他非常担心地看着我。

阿守哥真像动画片里的英雄啊。

“直人，你没事吧？疼不疼？”阿守哥把我放了下来。

我勉强点了点头，问：“阿守哥，你怎么在这……”

“我正在巡逻，看见你的自行车倒在公园门口，有点儿担心，就进来看看。你果然在做危险的事。要是我没赶过来，就出大事了。”

阿守哥把我批评了一顿。

阿守哥说得对，刚才真是太危险了。我这才感觉到害怕，忍着眼泪向他道歉：“对不起，我只是想捉住小月……”

“小月在这儿吗？”阿守哥扭头向周围看了看。

这时，前面传来了“喵——”的叫声。我们望过去，发现小月就在不远处坐着，正悠闲地摇尾巴呢。

我起身想去捉小月。阿守哥制止了我，他从制服的口袋里拿出一根小棍子。

他一边晃动着小棍子，一边呼唤小月：“小月，过来。”

“这个小棍子是什么？”

“是木天蓼的树枝。猫闻到这个味道就会兴奋。为了找小月，我巡逻时一直随身带着。”

小月朝阿守哥走来。它一闻到木天蓼树枝的气味，就躺在地上打滚儿。

阿守哥见状，立刻打电话联系冬岛夫人：“冬岛夫人，小月找到了，请您马上来一下。”

接着，他摸了摸我的头，说：“直人，谢谢你帮我找到小月。但是，以后千万不能再做这么危险的事了。

“之前都是我不好。你在冬岛夫人面前为我解围，我还指责你。”

“我说话也有点儿过分……”

阿守哥又说：“其实当时我也很生气。”

听了这话，我大吃一惊。

阿守哥放低了声音："冬岛夫人说话很过分。但她是因为丢了猫，心里着急才会这样。作为巡警，要对需要帮助的人态度和蔼。这么一想，我就忍住了。"

都被人家骂得狗血淋头了，还要态度和蔼，巡警的工作真不容易啊。

听了阿守哥这番话，我对他的工作有了新的认识。

于是，我问了一直憋在心里的问题：“阿守哥，你为什么要当一名巡警呀？”

“这个嘛……”

阿守哥好像有点儿不好意思。但是看到我期待的样子，他还是接着往下说。

“我不是喜欢电视里的英雄嘛。所以，我想做和英雄一样的工作，一直都想。”

“巡警的工作和英雄一样吗？”

“对。巡警的工作就是守护居民，让大家安稳地生活，并且帮助那些有困难的人。虽说我们的工作看上去有点儿平凡，不那么伟大，有时甚至会让人恼火和厌烦，但我还是感到非常自豪。当然，如果能得到别人的一句‘谢谢’，我会更加开心。正因为这些，我才当了巡警。”阿守哥说。

看着目光坚定的阿守哥，我感觉他更帅了。他简直能和《超甲刑警》里调查重大案件、同怪物搏斗的刑警媲美。

我崇拜地看着阿守哥。就在这时，传来了一声呼喊：“小月！”是冬岛夫人跑了过来。她抱起小月，不像之前那么无礼，而是客气地对阿守哥说：“谢谢你，巡警先生。之前对你说了过分的话，真是对不起。谢谢你帮我找到了小月！”

“不用谢，顺利找到猫比什么都好。还有，把小月找回来的其实是直人哦。”阿守哥很高兴地说。

冬岛夫人也向我道了谢。

虽然我还是不太喜欢她，但心情没那么糟糕了。

听到人家说“谢谢”，我很开心。

想起阿守哥说过的话，我对他说：“阿守哥，谢谢你帮了我。”

阿守哥转过身看着我，露出灿烂的笑容，敬了一个礼，然后攥起拳头，帅气地向前出击。

第二天，练习完篮球后，天已经黑了。

“直人，明天见。”

“嗯，再见。”我向队友挥挥手，骑上了自行车。当然，这次我没有忘记开车灯。

穿过商店街，熟悉的派出所出现在眼前。阿守哥还在努力地工作。

这个工作既不起眼，又很辛苦，但它非常重要。

“阿守哥！”我在派出所前面停下自行车喊道。

阿守哥转过身来，露出了笑容。然后我俩一起敬礼，用动画片里英雄的招牌动作打招呼。

警察小贴士

附录

巡警和刑警有什么不同吗？

直人看到当巡警的阿守哥，想象他会调查案件、抓捕嫌疑犯，但实际情况并非如此。虽然巡警和刑警都是警察，但分工不同。

阿守哥是巡警，是在派出所工作的警察，也是生活中最常见的警察之一。

你家附近也有派出所吧？你路过的时候，从没发现派出所放假吧？

派出所因其是上级机关的派出机构而得名。派出所里的警察二十四小时倒班执勤，负责帮人指路、失物寄存、巡逻等工作。

案件发生后，调查嫌疑犯并将其逮捕的警察，叫作刑警。刑警在电视剧和电影中经常出现。还有采集指纹

等证据、专门从事刑侦工作的刑警。

直人把家附近的巡警和电视里的刑警弄混了。

其他种类的警察

武装警察

武装警察是维护国家安全和社会稳定、保护人民生命财产安全的警察。

在大型集会活动上，为了防止意外事故发生，武装警察会提供安全警备。在地震、台风等自然灾害的受灾区，他们会参与救灾行动。

交通警察

你见过骑着摩托车、身穿制服的警察吧？交通警察通常骑着摩托车在路上巡逻，维护交通秩序，处理交通违章和交通事故，负责机动车的登记管理等。

治安警察

治安警察是管理查处治安案件，维护公共场所的治安秩序，防止犯罪或事故发生，保障人民安全的警察。比方说，如果发现晚上还有孩子在外面转悠，治安警察就会提醒他注意安全，并且及时联系家长或学校。

他们都是警察，却做着不同的工作。

如何成为一名警察？

要想成为一名警察，高中毕业后，可以报考公安警察院校。高考成绩达到录取线的考生，还要参加各地区公安机关和招生院校统一组织的面试、体能测试等。被公安警察院校录取后，一般要学习四年，系统学习法学、侦查、治安管理等专业课程。

从公安警察院校毕业后，要参加公务员考试，只有笔试和面试顺利通过，才能被录用，成为一名警察。

警察首先要有很强的正义感，如果你是个不能容忍犯罪的人，那么去当警察再合适不过了。

另外，无论是巡警还是刑警，都需要有耐心倾听的能力。在阿守哥工作的派出所，每天都有各种各样的人前来咨询。刑警在调查犯罪嫌疑人的时候，首先要仔细聆听对方所说的话。所以，耐心倾听对警察来说非常重要。

[日]如月和佐

生于日本群马县，儿童文学作家。曾获日本讲谈社儿童文学新人奖等。代表作有《不可思议的蝙蝠伞》等。

[日]田中六大

生于日本东京，漫画家、插画家。代表作有《我上小学了》《第一次去图书馆》《第一次骑自行车》等。

图书在版编目（CIP）数据

还有一个邻居是警察 /（日）如月和佐著；（日）田中六大绘；袁秀敏译. -- 北京：海豚出版社，2024.3
（有趣的工作）
ISBN 978-7-5110-6668-8

Ⅰ. ①还… Ⅱ. ①如… ②田… ③袁… Ⅲ. ①儿童故事－图画故事－日本－现代 Ⅳ. ①I313.85

中国国家版本馆CIP数据核字(2023)第207092号

著作权登记图字：01-2022-6021

还有一个邻居是警察
[日] 如月和佐 著
[日] 田中六大 绘
袁秀敏 译

出 版 人　王　磊

责任编辑　张国良　白　云
特约编辑　董碧沙
美术编辑　王小喆
内文制作　张　典
责任印制　于浩杰　蔡　丽
法律顾问　中咨律师事务所 殷斌律师

出　　版　海豚出版社
地　　址　北京市西城区百万庄大街24号　邮编 100037
电　　话　(010)68996147（总编室）
发　　行　新经典发行有限公司
　　　　　电话 (010)68423599　邮箱 editor@readinglife.com
印　　刷　北京奇良海德印刷股份有限公司
开　　本　889mm×1270mm　1/32
印　　张　25
字　　数　300千
印　　数　5000
版　　次　2024年3月第1版
印　　次　2024年3月第1次印刷
书　　号　ISBN 978-7-5110-6668-8
定　　价　208.00元（全十册）

如有印装质量问题，请发邮件至 zhiliang@readinglife.com

我的爸爸是火车司机

有趣的工作

[日]最上一平 著
[日]久保贵太 绘
袁秀敏 译

海豚出版社
DOLPHIN BOOKS
CICG 中国国际传播集团

一路和茉莉是龙凤胎，但他们一点儿也不像。

他们一个是男孩，一个是女孩，长得不一样，性格也正好相反。

一路老实巴交的，小时候很爱哭。茉莉是个话匣子，总是到处疯玩儿，身上经常青一块紫一块的。如今他们都上三年级了，两人性格的差异似乎越来越明显了。

放学后，一路躲在房间里，拿着一长一短的两个保鲜膜芯筒，好像在琢磨什么。房间是和茉莉共用的，里面有高低床和桌子。一路想了一会儿，用刀子把较长的芯筒的一头削成半圆形。

硬硬的芯筒很难削，可一路喜欢做这样的细致活儿。

咚
咚
787
燕子号
JR

一路把长芯筒上削好的这头，插进短芯筒中间的凹陷处，就像一个“T”字。为了让这个T形筒看上去更漂亮，一路调整了好多次。

T形筒说不上完美，但还算不错。

一路在它的接口处一层层地缠上红色塑料胶带，固定好。

接口处会不会摇晃？芯筒连接处呈直角吗？一路把T形筒举过头顶，眯起眼睛仔细检查，感觉自己做得不错。芯筒上的胶带缠得很漂亮，适合用手握住。

就在这时，家里的门铃响了。

门铃响了三次后，传来了“咚咚”的敲门声。

“一路，开门。我知道你在家。”

是茉莉的声音。

真是的。

一路把门打开了：“为什么老让别人给你开门呀，你不是有钥匙嘛！”

茉莉脱掉运动鞋，甩到一边。

“什么？嫌麻烦啦？我还没嫌麻烦呢！人家都说我是怪人的姐姐。你老是不说话，不爱跟人玩儿，你在学校就是个怪人，在家里也是个怪人。”

茉莉瞪着眼，叽里呱啦说了一通。

她进了房间，把书包往桌子上一扔。然后，她像是捡脏东西一样，把掉在脚边的红色T形筒捏了起来。

“这是什么东西？”

“别动，这是我的。”

“这怪东西当然不会是我的。到底是什么玩意儿？垃圾吗？”

“这是主控制器操作杆，我刚做的。”

“这东西有什么用？”

一路把T形筒从茉莉手里夺了回来。

这可是个反击的好机会。

不懂了吧？真傻！一路露出得意的神情，咧开了嘴。“主控制器操作杆，简称主控杆，也就是火车的操作杆。”

“啊？火车上就用这种玩意儿？”

一路有点儿生气，他左手握着T形筒，给茉莉做示范。

“哐当，哐当。”

他朝着窗户的方向，做出缓缓向前推的动作。

“无聊。”茉莉毫不留情地说。不过，她没有再说别的。

秋风从敞开的窗户吹进来，白色的窗帘随风飘动。

一路的秘密车站
由布院之森
时刻表
铁路之旅
TGV PSE
683系
205
700系
300系
0系
C57-1

一路搬来一个小纸箱，在底部开了一个洞，然后把T形主控杆插进去，做了一个火车驾驶台。

他把纸箱拿进壁橱。壁橱正中间有隔板，分成上下两层。一路把所有的东西都挪到下层，腾出上层，当作自己的秘密空间。这里是只属于他的空间，他一次都没让茉莉进来过。

壁橱里，有从学习桌上拿来的台灯，还有一个小折叠桌。

壁橱的四壁和顶部，密密麻麻地贴着从各种杂志上剪下来的风景画、新式火车和老式蒸汽火车的图片。

一路把用纸箱做的火车驾驶台放在折叠桌上，然后迅速关上壁橱门，打开台灯。灯罩上蒙了一层蓝色的玻璃纸，壁橱里闪着蓝光。

这时，壁橱不再是壁橱，变成了另外一个神奇的地方。

就连周围贴的各种风景画，也散发

出别样的光芒和味道，仿佛眼前是一片魅力无限的大地。

壁橱里还有火车形状的坐垫、《日本铁路百景》《铁路的四季》《铁路之旅》这三本摄影集、一些杂志和漫画，以及一路收集的小火车模型，桌上还摆着一本列车时刻表。

一路往坐垫上一坐，看看摄影集，心情真好啊。

一路很喜欢看列车时刻表。列车时刻表的前面还有地图索引。

这是缩印的日本地图，从南到北，各个地区的铁路线一目了然。比如，九州最南端运行的是指宿枕崎线。鹿儿岛中部与枕崎相距八十七点八千米，火车要运行大约两个半小时，途经三十六座车站。

一路用放大镜看地图，枕崎、萨摩板敷、白泽、萨摩盐屋、松浦……他脑海里不断回响着这些地名，觉得很有趣。虽然很多地方他都没有去过，但只要看到车站，他的脑海里就能浮现出火车到站时人们上下车的情景。

一路正握着桌上的红色主控杆，茉莉悄悄地把壁橱门拉开了一半。

“一路，你在干什么？我也要进去。”

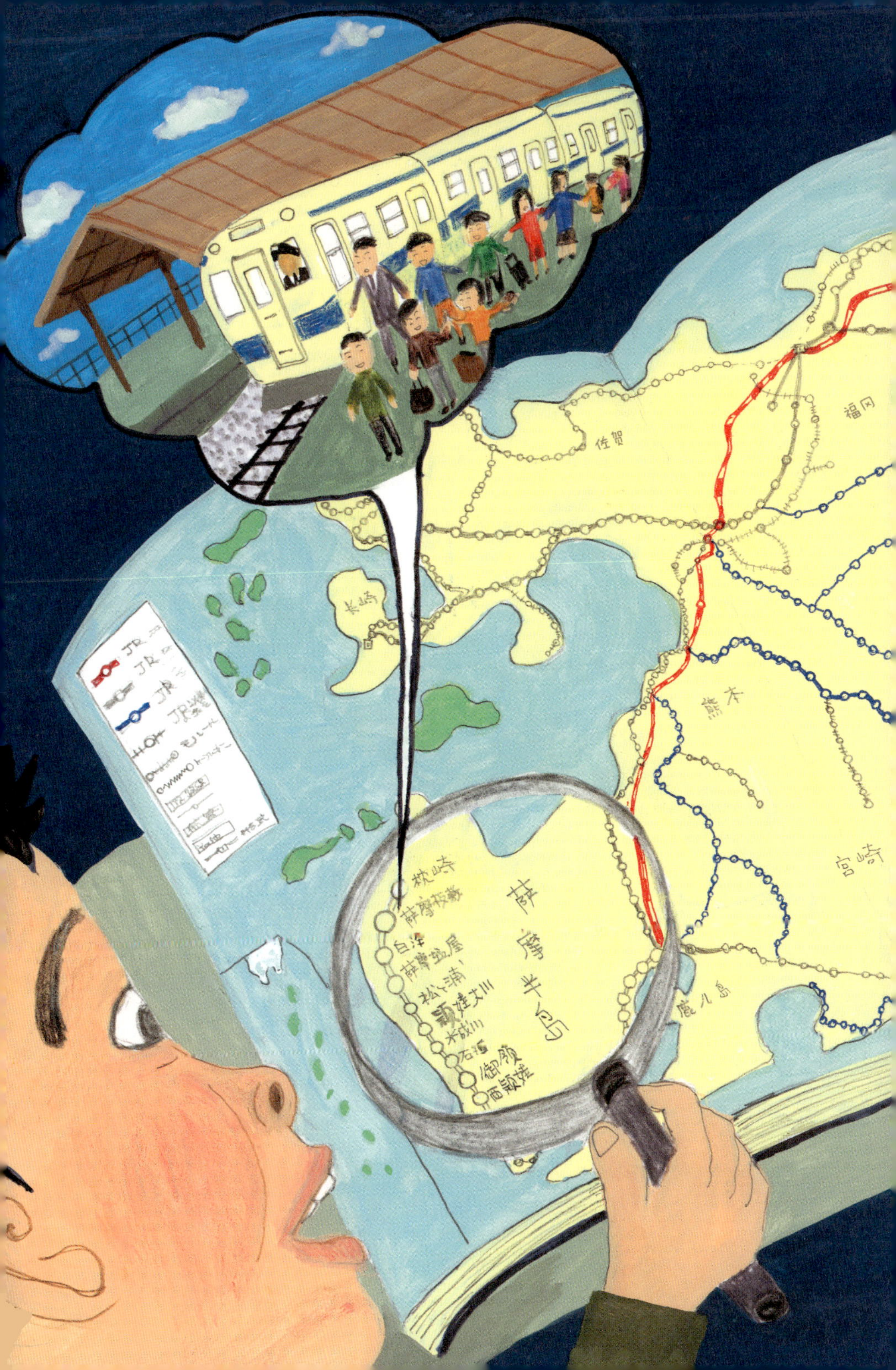
福冈
佐贺
长崎
熊本
宫崎
鹿儿岛
薩摩半島
枕崎
白沢

“不行！”一路一跃而起，急忙关上了壁橱门，并用双手抵住。

“快点儿让我进去，让我进去！嗨哟——”茉莉用尽全力，想打开壁橱门。

“凭什么不让我进去？这个壁橱我也有份儿，又不是你一个人的。嗨哟——”

“不行！这是我专用的。”

“你总是一个人窝在这种地方，才会变成怪人。难怪人家都说你阴沉、可怕。快让我进去，你这个怪人！”

茉莉打不开门，“咚咚”地敲着，壁橱门都要被她敲出洞来了。

“真受不了你居然开着蓝色的灯。怪人，你给我出来！”

茉莉也许放弃了，外面终于安静下来。

一路松了一口气，左手握住插在纸箱里的主控杆。

看，正前方贴着田园风景画的海报上，中间那两条铁轨笔直地向前延伸，一直伸向远处的山峦间。

787
燕子号
JR

秋天，金黄色的稻田一望无垠，闪闪发光。沙沙作响的风吹过田野，吹得远处飘浮的云也移动起来，空气中弥漫着稻子和土地的气味。

“出发！”

一路慢慢地推动主控杆，火车缓缓开动起来。

渐渐地，火车的速度越来越快，奔驰在田野间。它发出“哐当、哐当”的声音，很有节奏感，让人听了心情舒畅。

一路想起了爸爸。

那天的事仿佛就在眼前。差不多是半年前，四月的第一天。

爸爸是火车司机，那天他值晚班，从下午开始上班，第二天才能下班。爸爸去上班后，妈妈就约一路和茉莉出去玩。

“金比罗山公园的樱花都开了吧？好久没去那里了。要不要一起去看看？”

金比罗山是附近的一座公园，是一路和茉莉小时候经常去的地方。虽然被称为“山”，但它只是个小土坡。公园里有一棵很大的樱花树，树下有木桌和木凳。一路小时候，经常和家人在那里吃饭团。上了小学以后，他们几乎没去过那里。

“去吧去吧。樱花一定还开着呢，风景一定很美。”茉莉说着，扑到了妈妈怀里。

“我也要去。”一路也说。

“带着饭团去吗？我好想在樱花树下吃饭团，还想赏夜樱。”

一路拎着装饭团的包。妈妈走在他俩中间。“来！”她把手伸了过来，示意大家拉着手。一路这才意识到他们好像很久没有手拉手了。

三个人手拉着手，回忆起了一路和茉莉上幼儿园时的事。

“茉莉扮理发师是上中班时的事吧？”

“嗯，就是上中班的时候。”茉莉笑了起来。

“啊！我想起来了。”

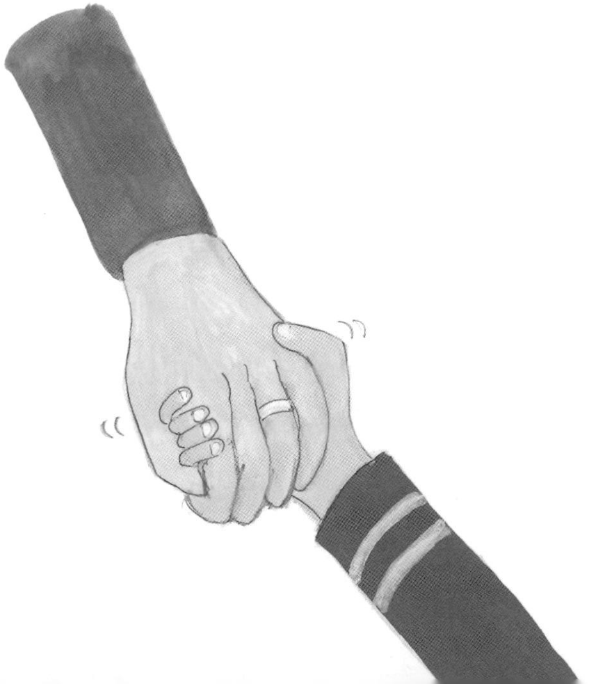

“一路扮客人，茉莉扮理发师。结果一路被剃成了小光头。”

“对，我那时手艺特别好，哈哈。”

茉莉握着妈妈的手，摇来摇去。

“爸爸当时说：‘挺好，没毛病。’真是个老掉牙的冷笑话。一路竟然没弄明白到底是‘没毛病’还是‘没有毛’。”

“是啊，是啊，妈妈听了也笑了，居然没生我的气呢。”

“就我倒霉，都怪茉莉。”

妈妈哈哈大笑，亲昵地晃着一路和茉莉的手。

金比罗山公园里空无一人。樱花盛开，灯光照在枝头上。

三个人连忙来到樱花树下的木桌前，把东西摆上桌，开始享受美食。

“真美啊。”妈妈抬起头看着樱花说。

大家吃完饭团收拾木桌的时候，天已经黑了，有些冷。

樱花在夜色里显得格外明媚，花瓣飘扬，有些落在了木桌上。

“茉莉，一路，你们俩今年上三年级了，又长大了。”

妈妈说着，拉过一路和茉莉的手，又握在一起。她的手心湿湿的，有点儿凉。

“接下来，我要告诉你们一件重要的事……爸爸生病了。为了治病，他得住院，需要休假一段时间。”

“爸爸生病了？他今天出门时不是好好儿的吗？晚上不是还要值班吗？”茉莉问。

一路的身体僵硬了。

“嗯，今天爸爸值晚班。明天是他休假前最后一天上班，我们去坐爸爸开的火车吧，一起给他加油。”

“嗯，我要去。”

“我也去。”

“好，咱们都去！”

妈妈微笑起来，她的声音很爽朗。

五山线从云雀宫到五山，一共十四站，全程四十五点六千米，大约需要行驶一小时十五分钟。

火车上行和下行都是走同一条单线轨道。火车一般有三节车厢，每一小时大约发两趟车。

爸爸在始发站云雀宫上车，准备驾驶。这趟车十点十八分发车，开往五山。

妈妈、一路和茉莉早早地来到云雀宫车站，坐在站台的长椅上等待。

“妈妈，见到爸爸时用什么表情好呢？说不定我会哭呀。”茉莉说。

想到即将和爸爸见面，一路也很紧张。

仅仅是一晚上没有见面，感觉爸爸好像变了一个人似的。

“就像以前一样，用平常的表情就好。要忘记他生病的事。总之，好好享受爸爸开火车的时光吧。”

“平常的表情是什么样的？一路也不知道吧？”茉莉一脸困惑地朝一路望去。

“噢，这样吗？”

一路做了个鬼脸。

他的头冷不丁被茉莉敲了一下。

“好疼！”

一路夸张地抱着头。直到茉莉扑哧一声笑了出来，他才恢复正常的表情，心情也放松了一点儿。

“我知道了。平常的我很可爱。可是一路却像个傻瓜，老是怪怪的。”

他们正说着，下行的火车驶进了站台。灰色的火车在晨光的映照下，闪着银光。车身被笔直的橙色和黄绿色线条围绕着。

车门打开了，乘客开始下车，站台一下子热闹起来。火车即将折返行驶。

这趟车将由爸爸驾驶。

爸爸终于从乘务员值班室里走了出来，向站台走去。

他穿着灰色制服和浅蓝色的竖条纹衬衫，戴着制服帽，提着黑色大号勤务包。

西装革履的爸爸和在家里讲笑话、爱放屁的爸爸简直判若两人。

他抬头挺胸，走到火车驾驶室，和乘务长微笑着打招呼，说了几句话。最后，他轻轻地举起手臂，向乘务长敬了个礼。乘务长也回敬了礼。

一路他们在和驾驶室相连的第一节车厢前等着。

爸爸看到他们，笑了一下，接着掀起帽檐，故作严肃地走过来。

“爸爸。”

一路和茉莉一边往前走，一边跟爸爸打招呼。一路笑得很自然，但不知怎么回事，他有点儿害羞。

一路不知坐过多少回爸爸开的火车了。每次他都很激动，有种想要跳起来的兴奋感。今天也是一样。

“大家怎么都来了？”

“我们想给你一个惊喜。这是寒假期间最后一次家庭集体活动。”妈妈高兴地说。

也许是情绪能传染吧，茉莉说：“爸爸，火车司机的三条基本原则是什么？”

一路和妈妈都哧哧地笑起来。因为爸爸经常把这个挂在嘴边。

“安全、准确、舒适。”

大家都笑了，气氛顿时热闹起来。

一路也想像茉莉那样，和爸爸说点儿什么。他望向火车，伸出手指：“2177次列车，确认目的地，开灯，出发！”

爸爸露出惊讶的表情，走向一路，像一路那样用手指确认信号。两人相视一笑，凝望着火车头。

爸爸轻轻摸了摸一路的头。

一路心头一热，有些激动。

“你们俩都别打扰爸爸工作了。孩子他爸，加油。”妈妈说。

“好的。”

爸爸向一路他们轻轻地敬了个礼，就上车了。

一路他们站在驾驶室外面，看着爸爸的背影。

爸爸放下勤务包，调整驾驶席的高度，把怀表放在正前方。然后，他开始检查各种仪表，手上戴的白手套看上去洁净如新。

车厢里渐渐拥挤起来，座位都坐满了，还有一些站着的乘客。

“开往五山方向的列车马上就要出发了。”车上响起了广播声。

三个人的目光集中在爸爸的后背上。爸爸坐上驾驶席后，仿佛忘记了他们三个人，一次都没有回头。

一路理解爸爸的想法。以前乘坐爸爸驾驶的火车时，爸爸这样说过：“爸爸一个人在工作，看上去是不是很孤独啊。其实不是那样的。在爸爸心里，一路、茉莉和妈妈是这个世界上最重要的人。每次我驾驶火车时，就想象你们三个都在车上。只要想到最重要的三个人都在车上，我就提醒自己，一定要安全驾驶。

和你们一起坐火车，我很开心。同时，我还要对几十个人甚至几百个人的生命安全负责。”

一路知道，头也不回的爸爸肯定牵挂着他们三个人。

站台上响起了短促的铃声，车门“唰”地关上了。

一路注视着爸爸。爸爸的左手肯定握着主控杆。可惜他的左手被身体挡住了，一路看不到。

一路看见爸爸的怀表旁的关门指示灯“啪”地一下变成了金黄色。后面车厢里的乘务长马上发来确认安全的联络信号。一路听到了短暂的蜂鸣声。

爸爸用手指指向关门指示灯。

“关门确认！”

一路能清楚地听到爸爸的声音。爸爸看向前方的出发信号机，蓝灯亮了。

“出发！”

“咝——”列车缓缓启动，渐渐加快了速度。两边的轨道笔直地向前延伸，周边的风景和建筑物“嗖”地一下被甩在后面。

五山

速度指示器上的指针在慢慢偏转，在“85千米”那里停住了。

每当远处的蓝色信号灯亮起时，爸爸就用手指指向信号灯。他举起右手靠近耳垂，将食指伸直，指向蓝色信号灯。

“确认信号！”

一路不知不觉地模仿起来。

上幼儿园的时候，一路就非常喜欢火车。可能因为爸爸是火车司机，他能很快记住各种火车的名字。他喜欢看飞驰的火车，喜欢去车站。当然，他最喜欢坐火车。他每次都在能看见驾驶席的第一节车厢，把脸贴着玻璃，看爸爸工作的样子。虽然见过很多司机，但他始终觉得爸爸最帅。

确认!!
确认!!
TRAIN

就拿确认蓝色信号来说吧，爸爸会先把手指举到耳垂边，然后指向信号灯。

一路也学着爸爸的样子说道：“确认信号！”

他的声音很小，还是比不上爸爸。

“爸爸为什么要当火车司机呢？”茉莉问妈妈。

为什么呢？一路也想知道原因。

“以前我问过你爸爸。他不是出生在一个深山里的小村子嘛。我暑假去的时候，那里还没通火车呢。听说他第一次坐火车还是上小学三年级的时候。”妈妈说。

“就像我们现在这么大。”

“那之前爸爸都没有坐过火车吗？简直难以想象。”茉莉惊呆了。

“他说之前连火车都没见过呢。”

“真好笑啊。”茉莉哧哧地笑了。

“第一次见到又大又长的火车时，他很吃惊。那就是他想当火车司机的原因。”

“爸爸的梦想实现了，真是太好了。茉莉，你连梦想都没有吧？”一路说。

看到大野车站了，爸爸推动主操控杆，火车开始慢慢减速。一路居然没有察觉到什么时候停的车。车身一点儿也没有晃动，即使不扶着东西，也不会站不稳。也就是说，爸爸连离停车位置的标志还有几厘米都知道。他说过，从刹车可以判断驾驶员的技术水平。

开门的指示灯亮了，车门打开了。乘客们开始上下车。

这时，爸爸用手指确认关门指示灯、其他仪表、下一站的站名，以及写着时刻表的作业表等。火车在车站的停车时间只有大约二十秒。

火车从大野站出发，经过百石，驶向河鹿泽站的时候，“嘀呜——”，警笛突然响了。是爸爸踩了右脚旁的警笛阀。

一路看见远处左侧的斜坡上，好像有几个人的身影。

火车渐渐靠近。真的有人，是一些人在施工。

站在最前面的那个人是负责安全警戒工作的。

他面向火车站着，左手持黄色的旗子，向轨道一侧倾斜举起，这应该是在发出安全信号吧。

戴着安全帽的施工人员也都朝火车斜举左手，发出安全信号。

爸爸举起右手向那些施工人员轻轻地敬了个礼。

双方虽然只交流了短短几秒钟，但这足以让一路热血沸腾。

这是爸爸和施工人员对彼此工作的认可，因为他们都知道，为了避免发生事故，要非常小心。

一路想对车上的乘客说：“大家快看，正在驾驶火车的是我爸爸！”

他想让大家来看看爸爸。

爸爸却把这当作很平常的事，依旧泰然自若地驾驶火车。

河鹿泽站的下一站晴车站，上行和下行的火车要错车。一路他们乘坐的火车先到达晴车站，要等待下行的火车。

花堂
HUATANG
五山丫晴

下行的火车驶进对面的站台，爸爸向那趟车上的司机和乘务长轻轻地敬了个礼。一路又激动了起来。

错车后，火车又出发了。

乘坐爸爸驾驶的火车之旅很快就结束了。一路他们马上就该下车了。

花堂是终点站五山站前的一个小站，上下车的乘客非常少，而且车站没有工作人员。

这里有三棵很大的樱花树，车站那里有一棵，轨道对面有两棵。三棵樱花树开着深粉色的花，在铁路沿线被称为红樱花，挺有名气。

进入花堂站，嫣红的樱花花瓣纷纷飘落。把落花比作飞雪，就是如此。眼前的景色太美了，几乎所有的乘客都往车窗外看。

樱花花瓣一阵阵地飘落，大家就像站在瀑布下面，沐浴在飘落的花瓣雨中一样。一路他们也陶醉在这样的美景中。

“好漂亮。花瓣好多，我都快喘不过气来了。”茉莉目瞪口呆。

爸爸前面的挡风玻璃外面，嫣红的樱花花瓣飞舞着，好像遮挡了他的视线。

“希望明年我们一家四口还能一起来看红樱花呀。”妈妈对一路和茉莉说。

“嗯，明年也要来。”

“嗯，明年还坐爸爸驾驶的火车，大家一起来看樱花。”

“好啊，就这么说定了。”

列车从花堂出发，马上就要到达终点站五山了。虽然坐了一个多小时，一路并不觉得时间长，就好像刚坐上车一样。在未来的一段时间，他不能再坐爸爸驾驶的火车了。轨道向前长长地延伸，要是能再多坐一会儿，该多好啊。

火车在终点站五山准时停车。车门打开了，乘客们开始陆续下车。

爸爸用手指确认了信号。他拿起怀表和写着火车运行时刻的工作表，提着勤务包，打开驾驶室的乘务用小门，下了火车。

下一趟车的乘务长已经在站台等候，和爸爸说着什么。

爸爸顺利地完成了这趟任务，露出温和的笑容。

为了不打扰爸爸，一路他们在不远处等他。爸爸交接完工作，向下一趟车的司机轻轻地敬了个礼。一路也想像爸爸那样敬礼。其实，他在镜子前练习过。

爸爸向能看到火车正面的地方走了几步，就像在云雀宫站上车之前那样，他用手指确认信号，然后不经意地摸了摸火车车身，就像抚摸一路和茉莉，动作非常轻柔。一路猜爸爸是在跟火车道别。

爸爸向一路他们走来。

“辛苦了。”妈妈和他打招呼。

“嗯。”爸爸微笑着，把帽檐掀起来。然后，他把手放在一路的头上，轻轻摩挲着。

一路觉得很安心。眼前的爸爸看上去和以前一样。

在一路他们坐火车的第二天，爸爸住进了医院。

虽然他在六月初做了手术，但在八月十日就去世了，离他最后一次驾驶火车才四个多月。

“好想再坐一次爸爸开的火车啊。”茉莉在爸爸的灵柩前哭着说。

妈妈也像小孩子一样大哭起来。

一路不愿意相信爸爸已经去世了。

一路谁也不想见，只想和爸爸单独待在一起。虽然爸爸已经去世了，再也无法睁开眼睛，再也不能说话了，但一路只想待在爸爸身边，想记住和爸爸在一起的所有时光。

他离开大家，想找一个独处的地方，但这样的地方很难找。

无论谁和一路说话，他都沉默不语。他在心里和爸爸一起驾驶火车。

“出发！”

他用手指确认前方的蓝色信号。不知道为什么，他这么做的时候，感觉爸爸就在身边。

他反复发出指令、用手指确认信号，这是他和爸爸告别的方式。

壁橱里闪着蓝色的光芒。推动手工制作的主控杆来刹车，一路驾驶的火车停下了。

爸爸已经去世两个月了。

茉莉又像以前一样活蹦乱跳。妈妈也去上班了。

一路到现在还想着爸爸会不会突然回来呢。只要家里的门铃一响，他就感到莫名的激动。

他在壁橱的蓝光中抬起头，用坐垫支撑着身体，拿起那本《铁路的四季》摄影集，翻开了。

绿色的梯田在山间蔓延开来，火车驶过时，车身显得很渺小。各种形状的梯田，形成奇妙的花纹。周围还能看到几户人家，好像是一座小村庄。

下一页是一条大河。这里山势陡峭，树木葱郁。山脚下，一列只有两节车厢的火车在奔驰。

远远望去，火车很小，山川是那么雄伟壮观。

翻开另一页，这次是一列在海岸边疾驰的火车。大海波涛汹涌，卷着漩涡。火车上亮着灯。

不管翻到哪一页，一路都看得津津有味。真想坐坐那些火车呀。

也许是蓝色玻璃纸反光的原因，也许是太想坐火车，一路感觉自己好像坐过照片中的火车。

他就坐在驾驶台上，身穿制服，头戴制服帽，眼前不可思议的风景似乎清晰可见。

“信号确认！”

一路用手指指向远处能看到的蓝色信号灯，进行确认。

这是一座山间的铁桥。“哐当、哐当”，火车发出的响声越大，他的心情越舒畅。

速度表显示时速八十千米。这时，他看见了前方的隧道，在隧道前及时踩了警笛阀。警笛马上响了起来。

穿过隧道，就是大海。夕阳西下，海面上闪烁的光芒，像一条移向海岸线的大路。火车目前运行状况良好。

一路感觉驾驶台旁边有人，扭头一看，原来是爸爸。爸爸依旧身穿制服，戴着制服帽和白色手套，目光朝向前方。

蓝色信号灯亮了。

“信号确认！”

一路用手指确认信号。他往旁边一看，爸爸也同样用手指指向前方。

壁橱列车
壁橱
列车
铁路的四季
铁路

一路把摄影集里的路线都行驶了一遍。他感觉爸爸就在身边。

“咚咚咚”，有人在敲壁橱门。一路的想象之旅结束了，他又回到了洒满蓝光的壁橱里。

“一路，开门。我都知道了。你在壁橱里假装开火车。让我也进去。”

为了不让茉莉打开门，一路紧紧地拉着门不放。

“不行！”

“开门，我也想坐火车，让我也坐一下。”茉莉用尽全力，“咣咣”地拍打着壁橱门。

“怪人！你总是那么阴沉！你在开爸爸的火车吧，让我坐一坐。你不能光想着自己坐！”

壁橱门仍在“咚咚咚”地响着。

听到茉莉说爸爸的火车，一路突然松开了抵着门的手。他从没有想过这是爸爸的火车呢。他只想拥有一个属于自己的空间。

爸爸的火车……

既然茉莉那么想进来，这次就让她进来吧。一路改变了主意。

DEHA
超级
TGV-
PSE
SNCF
铁路的

一路慢慢地打开壁橱门。茉莉像门神一样站在那里。

“就让我进去待一会儿，行吗？”

茉莉爬进壁橱，关上门。

“哇！”她被蓝色的光吓了一跳，露出嫌弃的表情。她望了望四周，“哗啦哗啦”地翻看摄影集：“一路，你没事吧？你，你真怪呀。”

一路后悔让她进来了。

“我才不怪呢。总有一天，你会坐上我驾驶的火车。我也要当火车司机。”

“就像爸爸一样？”

“嗯。”

壁橱列车

“爸爸上小学三年级的时候有了当火车司机的梦想。你也一样。”

“是啊。”

“好呀，我一定会坐你驾驶的火车。妈妈也会。”

“好。”

“但是，你窝在壁橱里，真的好怪啊。还好我们一点儿也不像。”茉莉虽然嘴上不饶人，但还是靠在座椅上，饶有兴致地翻看摄影集。

一路握着自己制作的主控杆，假装自己载着茉莉，开着摄影集里的火车。

他在心里默念着：“出发！”

火车司机小贴士

附录

火车司机是怎样的工作？

我们有密如蛛网的铁路网，线路运行安全、准时、高效。

火车安全、准确运行，火车司机很重要。驾驶技术中，最难的是刹车。根据车厢的数量、乘客的多少和天气的变化，司机刹车的方法也不一样。

火车司机的工作时间没有规律，每天驾驶的火车线路不同，上班的时间也不固定，有时要半夜开始上班，有时要从傍晚工作到深夜。有时火车司机回不了家，要在临时休息室留宿，第二天继续工作。

火车司机虽然看上去光鲜帅气，但工作非常辛苦，责任重大。

“因为要对几十个人甚至几百个人的生命安全负责啊。”一路和茉莉的爸爸曾这么说。

什么人适合当火车司机？

适合当火车司机的，是以下这些类型的人。

①爱惜身体的人

为了安全驾驶，火车司机必须保证身体健康。由于作息不规律，如果不用心保养，司机的身体很容易出问题。因此，司机必须爱惜自己的身体。

②谨慎的人

驾驶火车与模拟游戏不同，稍有差池，便会造成重大安全事故。火车司机一边用手指指着信号灯，一边喊“车门关闭确认”或者“信号确认”，实际上是为了避免错误。

③冷静的人

即使小心谨慎地驾驶火车，也可能出现机器突发故障等意外状况。这时，为了保护乘客的安全，火车司机必须处乱不惊，冷静处理。

④守时的人

火车司机的出勤时间每天都在变化，以分钟为单位。上了车，就要以秒为单位，按时刻表驾驶火车。如果你上学总是迟到，很遗憾，你可能不适合当火车司机哟。

如何成为一名火车司机？

要想成为一名火车司机，首先要去铁路学校学习机车驾驶。毕业后，通过招聘，进入全国各地的铁路局工作。

即使进了铁路局，也不会马上成为火车司机。首先要进入机务段当乘务员，参加统一的培训和考试。考试合格后，成为火车副司机。两年后，可以参加国家铁路局统一组织的铁路机车车辆驾驶人员资格考试。考试通过后，获得铁路机车驾驶证，才能成为火车司机。

不论是男生还是女生，都可以成为厉害的火车司机。

[日]最上一平

生于日本山形县，儿童文学作家。曾获日本儿童文学协会新人奖、新美南吉儿童文学奖等。代表作有《银兔子》《贯井山的狐狸》等。

[日]久保贵汰

生于日本东京。曾入围“THE CHOICE年度奖”，获“TIS公募展大奖”等。代表作有《让人七分钟内毛骨悚然的七个故事》等。

图书在版编目（CIP）数据

我的爸爸是火车司机 /（日）最上一平著 ；（日）久保贵汰绘 ；袁秀敏译. -- 北京 ：海豚出版社，2024.3

（有趣的工作）

ISBN 978-7-5110-6668-8

Ⅰ. ①我… Ⅱ. ①最… ②久… ③袁… Ⅲ. ①儿童故事－图画故事－日本－现代 Ⅳ. ①I313.85

中国国家版本馆CIP数据核字(2023)第207090号

著作权登记图字：01-2022-6021

我的爸爸是火车司机

[日] 最上一平 著

[日] 久保贵汰 绘

袁秀敏 译

出 版 人 王 磊

责任编辑 张国良 白 云

特约编辑 董碧沙

美术编辑 王小喆

内文制作 张 典

责任印制 于浩杰 蔡 丽

法律顾问 中咨律师事务所 殷斌律师

出　　版 海豚出版社

地　　址 北京市西城区百万庄大街24号 邮编 100037

电　　话 (010)68996147（总编室）

发　　行 新经典发行有限公司

电话 (010)68423599 邮箱 editor@readinglife.com

印　　刷 北京奇良海德印刷股份有限公司

开　　本 889mm×1270mm 1/32

印　　张 25

字　　数 300千

印　　数 5000

版　　次 2024年3月第1版

印　　次 2024年3月第1次印刷

书　　号 ISBN 978-7-5110-6668-8

定　　价 208.00元（全十册）

有趣的工作

云层上的糕点师

[日]柏叶幸子 著
[日]中村景儿 绘
田秀娟 译

海豚出版社
DOLPHIN BOOKS
CICG 中国国际传播集团

“你知道龙·糕点师吗？”

“有人在网上搜寻呢！我听姐姐说过。”

“雄太家怎么样？”

班里的女生都叽叽喳喳地议论着，不时看看我。

“我家怎么了？”我问旁边的小智。

我家是开蛋糕店的，店名是沃夫蛋糕店。

“沃夫”在法语中是“鸡蛋”的意思。这是我爸爸在法国学习做糕点时的外号。

爸爸的头圆圆的，像个鸡蛋。所以，他学习的那家蛋糕店的老板给他起了这个外号。

沃夫蛋糕店

见我不知道龙·糕点师，小智吃惊地瞪大眼睛，说：“有人在网上找技艺高超的糕点师，也就是龙·糕点

师。好多人在下面留言，推荐口碑很棒的蛋糕店。”

“为什么叫龙·糕点师？”

“龙听起来很酷啊，力大无穷、超凡脱俗！”小智摇头晃脑地说。

接着，他又歪着头说：“雄太，虽然你家店里的蛋糕好吃，但你爸爸不是龙·糕点师。他看上去倒像拉面师。”

“你说什么？以后不卖给你蛋糕了。”我轻轻敲了一下小智。

小智哈哈大笑起来。

不过，小智说得没错。

电视里的糕点师都戴着高高的厨师帽，穿着厨师服，脖子上还系着红色的领巾，看上去帅极了。

我爸爸也戴厨师帽，穿厨师服，可他的大肚子快把厨师服的扣子撑掉了。而且，由于爱出汗，他脖子上系的是毛巾。

他确实不像糕点师，倒像做炒饭的厨师。

不过，爸爸做的蛋糕美味极了。

他打发的鲜奶油更是味道独特。

他从不用机器，完全靠手工打发，这样打出的鲜奶油细腻润滑，而机器打发做不到这一点。

每次打发，爸爸都累得大汗淋漓。

手工打出来的鲜奶油，看上去很醇厚，但口味清爽，入口即化。就连不喜欢吃鲜奶油的人，也想多吃几口。

摆满草莓的奶油蛋糕，虽然看上去很普通，却是我们店里最受欢迎的糕点。

有的顾客即使从附近搬走了，也会特意坐车来我们店里买蛋糕。

那天吃晚饭的时候，我问爸爸：“你知道龙·糕点师吗？”

爸爸摇摇头，看来他还不知道。

妈妈却说：“龙·糕点师，有人在网上找的那个吧？还有客人推荐我们蛋糕店呢。真是意外！”

看来妈妈也在网上看到过。

“咦，什么意思？你是说我做糕点的手艺不好？”爸爸噘着嘴，眼里却满是笑意。

“因为大家推荐的蛋糕师有许多经常上电视，还有的来自北海道和冲绳。”妈妈继续说。

“莫名其妙，这和我们有什么关系。”爸爸耸了耸肩。

很快，我就把龙·糕点师的事忘得一干二净。

大约一个星期后的某天，我从小智家出来，一个人走在回家的路上。

到了家附近时，天空变得漆黑一片。

爸爸正站在店门口。

“爸爸，我回来了。你在干什么？”

爸爸很少会这个时间站在店门口。

“三点以后，店里一个客人都没有。都怪这鬼天气。”爸爸抬起头，看着乌云密布的天空。

我也抬头看着天空。

沃夫蛋糕店
沃夫蛋糕店

乌云中，有个地方闪着紫色的光。

突然，那里出现一道闪电，径直落在我和爸爸面前。

地面上升起一股白烟，四周晃动起来。“咔嚓！”响起一声巨雷。

“嘶——”我和爸爸都吓得倒吸一口凉气，呆立在原地。

雷声真吓人啊。更吓人的是，白烟中竟然冒出一条长着翅膀的龙。

这条龙的头比爸爸的头还要大一倍，浑身闪着绿光。

龙开口说话了：“我是天空之城的猪手龙。请问您是沃夫蛋糕店的糕点师吗？”

猪手龙？也许是一种翼龙吧。

爸爸完全慌了神，吓得直点头。

“请您为我们年幼的国王做生日蛋糕。”

猪手龙迈着笨重的脚步，慢慢走向我们。

回过神来的爸爸，使劲儿推我的肩膀，让我快逃。

“妈妈！妈妈！来了一条龙！”我向店里跑去。

我要是跑掉，爸爸怎么办？我脑海里闪过这个念头。

“你干什么？放开我！放开我！”

身后传来了爸爸的惨叫声。

我回头一看，猪手龙把不停挣扎的爸爸夹在了胳膊下。

它要带走爸爸！

“放开我爸爸！”

我扑过去，一把抱住爸爸的腰。

这时，大雨倾盆而下。

我刚抱住爸爸，脚就升到了蛋糕店屋顶那么高的地方。

“天啊！我要掉下去了！”

说时迟那时快，爸爸一把抓住了我的裤子。

猪手龙带着爸爸和我，轻松地飞了起来。

它完全没有注意到我紧紧抱着爸爸。

“糕点师先生，您是不是觉得不舒服？请稍稍忍耐一会儿。”猪手龙对爸爸说。

一眨眼的工夫，猪手龙就穿过乌云，来到晴朗的高空。

白云飘浮在我们眼前。在白云上面，有一座城堡，就像灰姑娘的城堡。

猪手龙飞过城墙，来到庭院里。

我都来不及尖叫。

不到五分钟的时间，我们就从地上来到了天上。

庭院四周是柱子林立的走廊。

柱子和庭院里的树上都系着五颜六色的气球。

桌子上摆满了好吃的东西。很多龙恭恭敬敬地坐在桌子旁。有些龙面前摆着乐器，还有的拿着照相机。

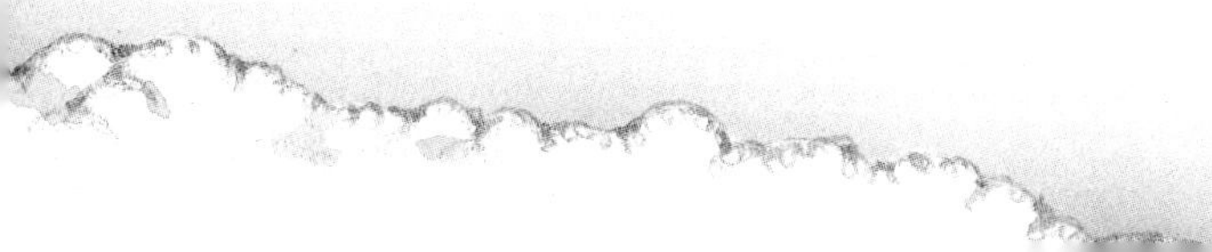

“国王，祝您生日快乐！”

在一个大大的帷幔下，坐着一条头戴王冠的龙。

原来它就是国王。

我明白了，今天是这条龙的生日。

可是，国王看上去一点儿也不高兴。

所有的龙都低着头，一动不动。

多亏低着头，它们才没有发现紧紧抱着爸爸的我。

猪手龙穿过庭院最里面的柱子，沿着走廊向前走去。

就在这时，爸爸使劲儿推开了我。

我一下子摔倒在走廊上。我知道爸爸是想让我藏起来。可是，我能藏到哪里呢？

庭院里到处是龙。而且，这是在云层上面！

猪手龙夹着爸爸，穿过走廊上一扇打开的门，向里面走去。

“这是最后一位糕点师吗？”一个声音传来。

“是的，厨师龙大人。”猪手龙回答道。

我紧贴在门后，偷偷向里面看。

里面是一间很大的厨房，烤蛋糕的香味扑鼻而来。

一条系着围裙的龙正抱着胳膊，站在桌子旁。

桌上堆满了各种各样的水果，还有巧克力、面粉、黄油、牛奶和鸡蛋。

这条龙是厨师龙。

我恍然大悟，“猪手龙”原来是“助手龙”呀。

这里大概有五十位糕点师正在做蛋糕。

他们肯定和我爸爸一样，是被助手龙带到这里的。

“您做好蛋糕后，我就送您回家。”助手龙把爸爸放到地上，冲他点点头。

爸爸慢慢地向堆满食材的桌子走去。

他把鸡蛋放到篮子里，时不时地看看厨房门口。

我赶紧露了个脸。他看到我后，松了一口气。

爸爸不用担心我。可我不知道接下来该怎么办。

我这才弄明白，原来在网上寻找“龙·糕点师”的是这些龙。

一定有客人瞒着爸爸，在网上写了我们蛋糕店的名字。

这时，一个蛋糕做好了。

这个蛋糕好看极了，上面装饰着黄玫瑰，就像真玫瑰一样美。花瓣肯定是用芒果做的。

端着蛋糕的，是一位经常上电视的著名糕点师。

“快送到国王那儿。”

在助手龙的催促下，那位糕点师连忙端着蛋糕来到走廊。

我急忙躲到一根柱子后面。

那位糕点师浑身直打哆嗦，蛋糕上的蜡烛晃个不停，烛火都快灭了。

“国王，这个蛋糕怎么样？”

助手龙把蛋糕放在头戴王冠的那条龙面前。

“嘭！”

戴王冠的龙用尾巴使劲敲打地板，好像在说“不好”。

“辛苦您了。很抱歉，我现在没空送您回去。”

助手龙抱起那位糕点师，飞了起来。然后，把他扔到了城墙外。

“啊，救命！”

那位糕点师的惨叫声越来越小。

“原来，所谓的‘送您回家’，就是扔下去的意思！”

躲在柱子后面的我，吓得脸色苍白。

这时，第二位糕点师端着双层的巧克力蛋糕，走了过来。

国王对这个蛋糕似乎也不满意。

“嘭！”传来龙尾巴敲地板的声音。

紧接着，又传来一声惨叫。

堆满草莓、甜瓜和桃子的塔式蛋糕，国王也不满意。

又响起了龙尾巴敲打地板的声音。

然后又是一声惨叫。

这样的声音一次次地传来。

国王到底对什么不满意呢？

我躲在柱子后面，悄悄地观察。

国王面前摆着奶酪蛋糕、蛋糕卷、挂着马卡龙的圣诞树蛋糕，甚至还有像结婚蛋糕那么豪华的两层、三层的蛋糕。

然而，这些蛋糕国王一口都没吃。

仅仅看了一眼，国王就不满意。

这到底是为什么？

坐在国王旁边的那些龙低着头，大气都不敢出。

我藏身的柱子旁边也有一条龙。只见它强忍着哈欠，叹了一口气。

“看来，今年也没有糕点师能做出让国王满意的蛋糕了。”

因为这条龙离国王很远，所以小声嘀咕一句也没什么。

很快，别的龙也纷纷抱怨起来。

“上一位龙·糕点师已经去世五年了。我们找遍了所有地方，就是找不到让国王满意的龙·糕点师。”

“法国找不到，美国、英国也找不到。”

“日本更是找不到！”

“每年我们都得一动不动地坐在这儿受罪。”

“这样的生日，简直受够了。”

“呆呆坐着不能动，真受不了。”

烦闷的龙们“啪啪”地甩着尾巴。

“国王什么都要跟人类学，真让我们为难啊。”

“还说没有蛋糕，就不算过生日。”

龙们不停地叹气。

“没有蛋糕也能过生日呀。”

“当然能过！快去告诉国王！”

“没错！快，谁去说呀？”

“你，你去说！”

龙们你推我，我推你。

看来，只有国王很期待生日蛋糕。其他龙对蛋糕完全不感兴趣。

大家都觉得即使没有蛋糕，也可以过生日。

“随便哪个蛋糕，希望国王赶快定一个吧。”一条龙回头望着走廊那边说道。

这次走过来的是一位女糕点师。

她端着一个草莓巴伐利亚蛋糕。

蛋糕上面是手工饴糖做的软软的云朵，云朵中有一条杏仁膏做的龙。龙前面是白巧克力做的生日牌。

我看了一眼生日牌，觉得有些奇怪。

为了看清生日牌上的字，我的身体不小心从柱子后面露了出来。

这下，庭院里的龙都发现了藏在柱子后面的我。

“这家伙是谁？”

我被拽住了衣领，像一只小猫似的被揪了出来。

我眼前全是龙们布满血丝、闪着红光的眼睛。

“放……放开我！”

我拼命地挣扎。

“哈哈，还是活的，活蹦乱跳的。”

“是人类的小孩！”

“他是从哪里钻进来的？”

“国王生日的这一天，人类才能来我们的城市，而且只有糕点师才能进来。”

庭院里的龙们一拥而上，把我抓了起来，扔来扔去。

尖尖的爪子抓得我好疼。

“爸爸！爸爸！救我！”我大喊起来。

“雄太！”爸爸从厨房冲了出来。

“他是我儿子。把他还给我！”

爸爸朝我伸出手。

“就不还给你。”抓着我的龙，把我扔向另一条龙。

另一条龙接住了我。

“还给我！”爸爸朝这条龙跑去。

“就不还给你。来，接着！”

“好的，接住了！下一个给谁？”

这些龙踢开面前的桌子，把我像玩具一样扔过来，又扔过去。

“嘿，糕点师，来抓我啊。”

“来啊，这边！这边！”

庭院里一片欢腾，这些龙兴高采烈地玩着。

“各位，安静，请回到座位上。”

助手龙嗖的一下伸出前爪，想把我抢过去。

差那么一点点，助手龙就能救我了！

这条龙抓着我不肯松开，它张开翅膀，飞到了空中。这些无聊透顶的龙根本不打算停下来。

助手龙打算帮爸爸抢回我。它嗖的一下飞到空中。

“扔过来！”

“扔给我！”

我就像一个橄榄球，而且还是空中橄榄球。

就在我头晕眼花的时候，耳边响起一阵震耳欲聋的哭声：“太过分了！你们太过分了！今天可是我的生日啊。”

国王“扑通、扑通”地跺脚，哭了起来。

所有的龙立刻回到庭院，伏在了地上。

助手龙连忙接住快要被扔到天外的我。他抓住我的衣领，缓缓落到地上。

“他是我的助手，我的助手！”爸爸气喘吁吁地跑过来说。

助手龙打量着我和爸爸。

“他是你的助手？那还给你。”说着，助手龙的爪子松开了我的衣领。

爸爸紧紧地抱住我。

“今天是我的生日。你们却扔下我不管，光顾着自己玩儿，太过分了！”

国王不高兴地扭动着身子。

“各位，快快认错！”助手龙指着伏在地上的龙们说。

“是！是！是！”那些龙把头埋得更低了，简直要贴在地面上。

“您别生气。我们一定做出让您满意的生日蛋糕。”助手龙弯下腰对国王说。

助手龙把我和爸爸带回厨房。

“国王到底对蛋糕哪里不满意？说出来不就行了嘛。”

我气鼓鼓的，心想，国王真难伺候。

“我们国王非常有涵养。”助手龙对我说。

厨房里，只剩下十几位糕点师了。他们的蛋糕陆续都做好了。

只有爸爸的蛋糕，还是刚从烤箱里拿出来的蛋糕坯。

“国王只是看一眼蛋糕，就不满意。”我对正在给鲜奶油打发的爸爸说。

“是吗？奇怪，被带到这里的糕点师都非常受欢迎啊。”爸爸很不解。

他一直待在厨房里，还没见过国王呢。

“难道龙的口味和人的不一样？”爸爸嘟囔道。

这么说来，只要龙的口味和人的口味一样，爸爸就不用担心了。

“国王要是尝一口，肯定会有合口味的蛋糕。”我也嘟囔了一句。

庭院里又传来了惨叫声。

用杏仁膏做了龙的女糕点师，也被扔到了城墙外。

“‘送您回家’，其实就是扔下去的意思。”

我不禁打了一个冷战。

“就算是扔、扔下去，大家肯定也能平安地回到自己的店里。”

爸爸对助手龙说的“送您回家”深信不疑。

“到底是对哪里不满意呢？”爸爸盯着准备好的蜡烛自言自语。

爸爸在确认蜡烛的数量对不对。

他手上有三根红绿环绕的粗蜡烛，还有六根长长的细蜡烛。

“国王多少岁了？”

这样的蜡烛到底怎么数呢？我完全不知道。

“三百零六岁，是个小女孩。那条龙告诉我的。”爸爸看着助手龙说。

原来一根粗蜡烛代表一百岁，一根细蜡烛代表一岁。

“我还以为国王是一位叔叔呢。竟然是个女孩？好家伙！”

“三百零六岁的龙还是个小孩子呢。那我做一个可爱的蛋糕吧。”爸爸点点头。

爸爸在蛋糕上挤满了他最拿手的鲜奶油，奶油上堆满了用红色、蓝色和黄色果冻做的星星和月牙儿。

现在，只剩下在巧克力做的生日牌上写字了。

“爸爸，写什么呢？”

我突然想起一件事。

那位女糕点师在生日牌上写的是“龙宝宝，生日快乐”！

我本来想仔细看看，结果被龙们发现了。

我当时以为国王是一位叔叔，还觉得她称呼“龙宝宝”不合适。

可是，既然国王是个小女孩，叫龙宝宝也没错啊。

“写什么的都有，国王啊、龙殿下啊，或者龙宝宝什么的。”爸爸说，“我就写‘龙宝宝’吧。”

“国王没有名字吗？”

“没有吧，这些龙不是叫厨师龙、助手龙嘛。”爸爸看着厨房里的两条龙说。

“国王没有名字吗？”我问助手龙。

“这个嘛，别的糕点师也问过。龙是没有名字的。国王的名字就是国王。”助手龙摇摇头。

可是，我觉得国王之所以每个蛋糕都不喜欢，就是因为生日牌上没写名字。

“国王尝了上一位龙·糕点师做的蛋糕了吗？”我抬起头，问助手龙。

“以前我常常带糕点师过来，请他们做蛋糕。”

助手龙抬头看着天空，回忆道。

“有一年，一位法国糕点师做的蛋糕令国王非常满意。于是，那位糕点师成为第一位龙·糕点师。可是，五年前，他去世了。”助手龙垂下了头。

之后的五年，我们一直在找下一位龙·糕点师。

“上一位龙·糕点师做的生日蛋糕是什么样的？”

爸爸很想看看那个蛋糕。

“蛋糕上面放着蜡烛。”助手龙只说了这么一句。

“你记得生日牌上写了什么吗？”

“啊？不记得了。”助手龙摇摇头。

看来龙对生日蛋糕确实不感兴趣。

我和爸爸失望地垂着肩膀。

“做完了吗？”

“赶快收拾吧。”

从庭院里走来两条龙，探头看着厨房里面。

外面的那些龙已经很不耐烦了，吵吵嚷嚷的，乱作一团。

好半天都没有蛋糕送过来，大家以为蛋糕都做完了。

跑到厨房门口的两条龙，有一条的脖子上挂着照相机。

“还有一位糕点师，马上就好。请大家稍等片刻。”助手龙跑到厨房门口，请求道。

厨房里只剩下爸爸一位糕点师了。

“给我看看照片吧。你肯定有国王五年前过生日的照片。”我朝脖子上挂着照相机的龙跑过去。

“啊，有，有，有。我们国王说了，生日那天一定要拍照留念。”

这是一台数码相机，里面有国王生日那天的照片。

“爸爸！爸爸！”

我朝爸爸招招手。

照片上，国王的面前摆着一个生日蛋糕。

国王露出了牙齿。它在笑！

生日蛋糕看上去普普通通的。

蛋糕上插着一个写着字的生日牌。

“我看不懂！”

我看看爸爸，又看看助手龙。

对了，之前的龙·糕点师是法国人。

生日牌上的字是法文。

“国王根本看不懂我们写的祝福语。”我撇撇嘴。

我明白了，原来是因为语言不通，所以国王对生日蛋糕不满意。

“才不是呢。我们在法国就用法语，在美国就用英语，在日本就用日语。”助手龙否定了我的话，哼了一声。

“啊，也是。刚才在庭院里，我看到国王头顶的帷幔上，用日语写着‘生日快乐’。”我垂头丧气地说。

“我明白了！雄太，你是一名优秀的助手。国王是有名字的。”说着，爸爸迅速跑到蛋糕那儿。

他在法国学习过，所以懂法语。

“雄太，准备蜡烛。”爸爸用巧克力在生日牌上写了字。

我把蜡烛插到蛋糕上，点燃了它们。

爸爸端着插着生日牌的蛋糕，朝走廊走去。

我都来不及看清爸爸在生日牌上写了什么。

在助手龙的催促下，端着蛋糕的爸爸急忙朝前走去。

我也快步跟在爸爸后面，走出厨房。

这时，庭院里的龙都安静地坐着。

“国王，这个蛋糕怎么样？”

助手龙恭恭敬敬地朝国王鞠了一躬，把爸爸做的蛋糕送了上去。

国王露出了牙齿。

和五年前的生日照片上的表情一模一样！

“上一位龙·糕点师给我起了一个名字。只有在生日这一天，我才可以有自己的名字。平时总是被大家称作国王，太没意思了。”

国王一口气吹灭了蜡烛。

脖子上挂着照相机的龙，连忙跑到国王面前，按下了快门。

“噢！生日快乐，国王！”

庭院里响起一片欢呼声。

国王把蛋糕一口吞进嘴里，连蜡烛都吞下去了。

“哇！我喜欢这种奶油！”

虽然连蜡烛一起吃了，国王还是尝出了爸爸做的鲜奶油的美味。

“咚咚、锵锵、咚咚锵！”拿着乐器的龙们奏起了音乐。

“太好了！终于可以庆祝生日了！”

那些龙嘴里喷出熊熊烈火，飞上天空。

国王也飞到了空中。

这些龙就像表演空中飞行的飞机编队，它们分成不同的组，在空中飞来飞去。有时围成圆圈，有时像飘带一样相互交叉，在空中尽情翱翔。

大家开心极了。

原来龙是这样庆祝生日的。

好厉害！我和爸爸抬头看着天空。

助手龙走到我们面前。

“沃夫蛋糕店的糕点师先生，现在任命你为新一任龙·糕点师。”

“是！”爸爸低头答应道。

爸爸打算当龙·糕点师吗？
我拉拉他的厨师服的衣角。
他好像知道我想说什么。

“糕点师最开心的事，就是自己做的蛋糕能得到大家的喜欢。”他非常满足地点点头。

“包括龙？”

“当然了。你看它们多开心啊。”

“嗯。”

我抬头看着漫天飞舞的龙，点点头。

助手龙把我和爸爸送到了沃夫蛋糕店门口。

因为我们是龙·糕点师和龙·糕点师助手，所以它没有把我们从天上直接扔下来。

我和爸爸站在店门口，一动不动。

我们去了一趟天空之城做蛋糕。这太不可思议了！

“爸爸，国王叫什么名字呀？我都没来得及看生日牌。”

回想起刚才梦一般的经历，我问爸爸。

“小虞美人！”爸爸看着我笑了。

“哈哈！好家伙！”我抬头看着天空。

“这名字可爱吧？国王也很喜欢呢。”

很美的名字，虽然只能用一天。

“国王自己可不好意思说。”

我耸耸肩，因为国王很有涵养嘛。

“雄太，明年你也要去吗？”

“去哪里？”

“当然是天空之城啊。明年国王过生日的时候，还会来邀请我们。因为我们是龙·糕点师嘛。”爸爸敲着我的背说。

“是啊。我是优秀的糕点师助手，对吧？”

“没错。”

我和爸爸抬起头，久久地看着天空。

爸爸说得没错。其他糕点师也都平安地回到了自己的店里。

一位著名的糕点师在电视上说：“我的梦想是做出连龙都喜欢的蛋糕。”

“龙？”大家都很惊讶。

“哦，不不不。我是说谁都喜欢吃的蛋糕。”

那位糕点师笑了笑。

糕点师小贴士

附录

糕点师是怎么工作的？

甜甜的鲜奶油、植物奶油、微苦的巧克力、松软的海绵蛋糕……在法语中，做西式糕点的男性称作 pâtissier，比如雄太的爸爸；做西式糕点的女性称为 pâtissière。糕点师们一大早就要开始工作。他们要在蛋糕店开门之前，做好各种糕点，摆到店里。在大型糕点店，不同的糕点师会分别负责制作蛋糕、果冻等冷点心，以及曲奇等烤制点心。

糕点师的工作并不轻松。他们一次要做几十份点心，要用几十千克的面粉和砂糖，仅仅是搅拌材料，就很费力。

一想到吃蛋糕，你是不是特别兴奋？人们一般会在生日、婚礼等重要的场合吃蛋糕。糕点师会在蛋糕上做很多漂亮的装饰，在蛋糕中加入各种味道的食材，让吃

蛋糕的人感到惊喜、幸福……在短短的时间内，让大家（无论是龙还是人）沉浸在梦幻般的美味世界里，这就是糕点师的工作。

什么人适合当糕点师？

“那家店的蛋糕太好吃了！我还想吃！”要让喜欢吃甜点的人产生这样的念头。所以，最重要的是，让大家一直能吃到“独特的味道”。准确地计算用料、遵守制作流程、做事认真的人，才适合当糕点师。

糕点师一大早就要开始工作，还要搅拌很重的材料。糕点店打烊后，他们还要整理厨房，为第二天的工作做准备，很晚才能回家。他们偶尔还会被烫伤、割伤等。

除了体力要好，还有一点很重要，那就是“对甜点的爱”。

喜欢甜点的人，看到新产品就想尝尝。有很多糕点师热衷于制作“本店独一无二的甜点”。只有发自内心地爱甜点的人，才能研发出新的甜点。

如何成为一名糕点师？

很多人中学毕业后，会去厨师学校、糕点师培训学校学习。在那里，他们会认真学习制作甜点的基础知识。毕业后，他们会去糕点店或酒店工作。有的厨师学校会给学生介绍工作。

在糕点店，糕点师会学习如何制作糕点。有的糕点师还会去国外的蛋糕店学习。

要想开糕点店，需要有营业执照和卫生许可证，具备食品卫生知识。要想成为糕点师，可以考烘焙师证。

据调查，糕点店的数量在逐年增加，行业竞争也越来越激烈。在沃夫蛋糕店，打发鲜奶油是雄太的爸爸引以为傲的“镇店之宝”。如果想成为一名独当一面的糕点师，就要考虑自己店里的甜点和其他店里的有什么不同。只有明确自己的目标，不断提高技术，才能成为一名优秀的糕点师。

[日]柏叶幸子

生于日本岩手县，儿童文学作家。曾获日本讲谈社儿童文学新人奖、日本产经儿童出版文化奖等。代表作有《雾中的奇幻小镇》《怪物旅馆》《奇妙家庭》等。

[日]中村景儿

生于日本熊本县，儿童文学作家、绘本作家。日本儿童出版美术家联盟会员、现代童画协会常任委员。代表作有《披绿斗篷的青椒》《大大的卷心菜》等。

图书在版编目（CIP）数据

云层上的糕点师 /（日）柏叶幸子著 ；（日）中村景儿绘 ；田秀娟译. -- 北京 ：海豚出版社，2024.3
（有趣的工作）
ISBN 978-7-5110-6668-8

Ⅰ. ①云… Ⅱ. ①柏… ②中… ③田… Ⅲ. ①儿童故事-图画故事-日本-现代 Ⅳ. ①I313.85

中国国家版本馆CIP数据核字(2023)第207091号

著作权登记图字：01-2022-6021

云层上的糕点师
[日] 柏叶幸子 著
[日] 中村景儿 绘
田秀娟 译

出 版 人 王 磊

责任编辑 张国良 白 云
特约编辑 董碧沙
美术编辑 王小喆
内文制作 张 典
责任印制 于浩杰 蔡 丽
法律顾问 中咨律师事务所 殷斌律师

出　　版 海豚出版社
地　　址 北京市西城区百万庄大街24号　邮编 100037
电　　话 (010)68996147（总编室）
发　　行 新经典发行有限公司
　　　　 电话 (010)68423599　邮箱 editor@readinglife.com
印　　刷 北京奇良海德印刷股份有限公司
开　　本 889mm×1270mm　1/32
印　　张 25
字　　数 300千
印　　数 5000
版　　次 2024年3月第1版
印　　次 2024年3月第1次印刷
书　　号 ISBN 978-7-5110-6668-8
定　　价 208.00元（全十册）